講談社文庫

華鬼

梨沙

講談社

目次

人物紹介
江島《えじま》四季子《しきこ》
神無と同じクラスの日本人形を思わせる美しい少女。鬼頭の花嫁である神無をひどく嫌う。
堀川《ほりかわ》響《ひびき》
未知数の力を持ち、私怨で華鬼を付け狙っている。
木籐《きとう》華鬼《かき》
庇護翼=麗二、光晴、水羽
鬼ヶ里高校の生徒会長。鬼の頭という意味の「鬼頭」=「木籐」の名を持つ。神無に印を刻んだ男。
貢《みつぎ》国一《くにいち》
前鬼頭（響の父親）の庇護翼だった男。今は亡き「至高の鬼」に傾倒するがゆえ、華鬼をうとむ。

高槻《たかつき》麗二《れいじ》
庇護翼＝一樹、拓海
鬼ヶ里高校の保健医。別名「保健室の麗人」とも呼ばれる、性別を超越した男。独自の情報網を持つ。
朝霧《あさぎり》神無《かんな》
九月一日生まれ。鬼頭の花嫁。刻印を受けたことにより、その過去に暗い影を持つ少女。
早咲《はやさき》水羽《みなは》
庇護翼＝風太、雷太
神無と同じクラスの猫かぶりな美少年。史上最年少で三翼に選ばれる。
士都麻《しづま》光晴《みつあき》
庇護翼＝郡司、透
鬼ヶ里高校の執行部会長。フレームの細い丸メガネを愛用し、自己流の方言を操る長身の男。
土佐塚《とさづか》桃子《ももこ》
神無と同じクラスの、鬼の花嫁でありながらごく普通の容姿の少女。世話好きでいつも神無を気にかけている。

華鬼

梨沙

序章

開け放たれた窓から月光が降りそそぐ。

「電気は？」

部屋の中に足を踏み入れた少年は、月の光で明るく照らし出された室内と、ぴんと張り詰めた空気に次の言葉を呑《の》み込《こ》んだ。

備品らしいものはなにもない、がらんとした部屋だった。その部屋の中央には男が二人、困惑した表情で立っている。一人は長い髪をゆったりと後ろで束ねた女と見まがうほど整った顔立ちの男だ。瞳を伏せがちにし、月の光さえ恥じらうほどの美貌を曇らせている。もう一人は丸メガネをかけた男だ。こちらも整った顔立ちではあるが、困ったように笑うその表情に、人のよさが滲《にじ》み出《で》ていた。

二人は少年を見つめ返してから誘うように前方——月明かりを取り込むために大きく開放された窓へと視線を移動させた。

窓辺には男が無言でたたずんでいる。長身の男である。細い、というより引き締まったと表現するに適した肢体《したい》であることは、服の上からでも見て取れた。

三人を呼び出したのは、窓辺にたたずむその男である。それにもかかわらず、男は月を見つめたままいっこうに動かない。聞こえてくるのは葉擦れの音と虫の音《ね》のみ。

三人は顔を見合わせ、戸惑いの色を浮かべた。

「華鬼《かき》、急に呼び出しなんて、どうかしたの？」

痺《しび》れを切らしたのは、最後に部屋へ訪れた少年だった。

しかし窓辺の男は、少年の問いには答えず視線を地上に落とすに留《とど》まった。彼はしばらく漆黒に塗りつぶされた森を見つめ、やがてゆっくりと体を反転させた。黒髪がさらりと流れる。三人に向けられた端正な顔は穏やかとは言いがたく、むしろ、夏の熱気を凍《い》てつかせるほどの冷気をまとっていた。

深い闇色の目を細め、男が微笑《ほほえ》んだ。

涼やかな目元、高い鼻梁《びりょう》、やや薄い唇にシャープな輪郭、均整のとれた肢体を持つ男は、どこにいてもごく自然に人目《ひ》を惹き、誰しもが羨望の眼差《まなざ》しで見送るに違いない容姿だった。

——そんな男が、笑ったのだ。

長きにわたり彼に仕《つか》えてきた三人でなければ、その笑《え》みの中にひそむ陰惨《いんさん》な光など気づきもせず見とれたに違いない。

「連れてこい」

男のささやきに三人は息を呑《の》んだ。美しく残忍に微笑む男の瞳が、漆黒から鮮やかな黄金《きん》へとその色を変えた。

「俺の花嫁を、ここへ」


青空を食い荒らすように建ち並ぶ建物のあいだには、アスファルトで舗装された歩道がどこまでも続いている。

熱く焼けた歩道で立ち止まった少女は、周りに人がいないことを確認してちいさく息をつき、うるさいほどの蟬時雨《せみしぐれ》に耳を傾けながら、食料のつまったトートバッグを持ち直しておぼつかない足取りで街路樹が作りだす木陰に向かった。

八月三十一日、昼。

最高気温が三十五度を越える猛暑日になるという予報通り、鋭さを増した日差しは容赦なく降りそそぎ、アスファルトから立ちのぼる熱気はそこにいるすべてのものの表層を例外なく撫《な》でていく。立っているだけでも汗が噴き出すような暑さだ。燦々《さんさん》と照りつける太陽の下、帰路を急いでいた少女は、背後から聞こえてきた音に身をすくませ振り返る。赤い自転車が一台、軽快に近づいてきた。自転車をこいでいた女は、少女を見ると不思議そうな顔をしながらも追い抜いていった。

当然だろう。この猛暑の中、少女は長袖のブラウスにくるぶしまであるスカートをはいていたのだから。

熱気を孕《はら》んだ風に、長く艶《つや》やかな黒髪がなびく。

自転車を見送った少女は、難が去ったと言わんばかりに安堵《あんど》の息をついた。

空気は蒸すような湿気で埋められ、木陰に入るだけではとても涼をとることなどできないが、刻々とすり減っていく体力を考えれば少しでも体に負担のかからない方法を選んだほうがいい。彼女は迷うことなく歩《あゆみ》を進め——その途中で、足を止めた。

いつの間にか耳障りな蟬時雨がやんでいた。

息を呑み己の短い影を凝視した少女は、頭上で街路樹がざわめくと同時に、胸の奥で警鐘《けいしょう》が鳴る音を聴いていた。

細い肩が小刻みに揺れる。地表に縫いつけられたように動かない足を急《せ》かそうとでもいうのか警鐘が勢いを増し、狂ったように鳴り響いている。

冷たい汗が背を滑っていくのがわかった。前方でなにかが動き、ゆったりとした足音が続く。ひときわ強い風が吹き——次の瞬間、呪縛《じゅばく》が解けたかのように、彼女はきびすを返して駆け出していた。

そこになにがいたのかは定かではない。

刹那に見えたのは、男物の靴と一対の刺すような黄金《きん》の光だった。それを正視するほどのゆとりもなく、彼女はもつれる足を叱咤《しった》して来た道を戻り、自宅に続くであろう脇道を探して狭い通路へと身を躍らせる。

脇道を幾度か折れると繁華街の裏道へ抜けた。けっして味方となりえない人間たちのいる場所だが、背後から迫る得体のしれない男より安全だろう。そう確信し、彼女は風雨にさらされ色あせた外壁の奥に視線をやる。幸い長い通路に人影はなく、見えるのは無造作に置かれたゴミ袋と、薄汚れた建物ばかりである。

熱を帯びた大気が喉の奥にからみつき、何度もむせそうになった。もつれる足はうまく動かず、背後から迫ってくる足音に混乱と恐怖ばかりが増していく。

だめだ、と彼女は悟る。このままでは追いつかれる。そう思った直後、なにかに足を取られて派手に転倒していた。

長い漆黒の髪が乱れて視界を隠した。

心のどこかが麻痺《まひ》していくような気がした。近づいてくるのが誰であるのか見当もつかなかったが、それでも長年の経験からわかっていることがある。長年、いやというほどすり込まれた忌まわしい記憶が、こわばる体に力を与えた。

彼女は恐怖に凍りつく顔を伏せ、細すぎる己の腕に爪を立てる。力を込めるほど爪が布ごと肉に食い込んでいく。少しずつ、確実に。

――警鐘が鳴っている。

それは耳鳴りにも似て、ひどく不快な音色だった。

爪が食い込む。皮膚が裂ける。その直前、前触れなく蟬の大合唱が戻ってきた。

「君!」

トートバッグを持った男が一人、慌てたように近づいてきた。水色の上衣に藍色のズボンと帽子。少し戸惑いながら笑顔を浮かべる男が登校時に見かける年若い警察官だと気づいた彼女は、ほっと吐息をついて立ち上がった。ちらと彼の背後をうかがって誰もいないことを確認し、もう一度息をつく。

「大丈夫ですか? なにかあったんですか?」

「なんでもありません」

震えそうな声を抑えてそう告げ、彼女はようやく自分が手にしていたはずのバッグが警察官のもとにあることに気づいた。

「ありがとうございます」

礼を言って手を出すと、汚れたバッグを渡しながら警察官は辺りを見渡した。

「おかしな奴《やつ》でもいたんですか？　最近はここも物騒だから……」

回視する警察官の注意が少女に向く。

「家まで、送りましょうか――？」

ざわりと、背筋からなにかが這《は》い上《あ》がってくるような気がして、彼女はとっさに後退していた。バッグを抱きしめてゆっくりと首をふってみせる。

「大丈夫です。一人で、帰れます」

言葉を探す警察官に向かって丁寧に頭をさげ、胸の奥で警鐘が鳴らないのを確認し、すぐにでも駆け出そうとする体をなだめながら裏道を進む。

それから、どうやって自宅までたどり着いたのかはよく覚えていない。人のいない道をひたすら歩き、見知った道に出たときは安堵にくずおれそうになった。だが、家までは気を抜けない。彼女は足早に古びたアパートの階段を上る。階段の軋《きし》む音を聞きつけたのか、階下に住む大学生がひょこりと顔を出した。玄関に入って鍵をかけた神無《かんな》は、靴を脱ぐとむせかえるような熱気に包まれた部屋の隅にずるずると座り込んだ。

膝をかかえてうずくまると、すぐにドアを激しく叩《たた》く音が聞こえてきた。

「朝霧《あさぎり》さん、今帰ってきたの？　いっしょにお茶しようよお。夏休み、今日まででしょ」

薄いドア越しに聞こえる呼びかけに耳をふさぐと、緩慢な男の声はすぐさま苛立《いらだ》ちを含む罵声に変わった。ノブをひねっているのだろう金属音を聞き、彼女は身を硬くしてきつく目を閉じた。

身じろぎ一つせず息を殺し、音がやんでなお動くことなく部屋の隅でちいさくなる。彼女が次に目を開けたのは、高く澄んだ音が聞こえたときだった。

部屋の中が暗い。買い物から戻ったのはまだ日も高い一時すぎ、けれど壁にかけられた時計はとうに八時を回っていた。視界に飛び込んできたのは重くのしかかるような闇と、部屋中にこもった熱気を押し流すために開かれた窓から覗《のぞ》く月だった。

足元のトートバッグを見て、部屋の片隅でうずくまったまま眠ってしまったことを悟る。昼間に体験したものをそのまま夢に見ていたらしい。

床には、粉々に砕けたグラスがあった。風に流れてきたきつい酒気《しゅき》に眉をひそめ、室内でなにかが蠢《うごめ》くのに気づいて身をこわばらせる。

「来るのよ」

聞こえたのは母の声だった。瞬時に緊張を解いた少女は、夜は仕事のため外出していることが多い母親がなぜ家にいるのかと首を傾《かし》げ、次に月の光が届かない場所にたたずむその姿に違和感を覚えた。

母の細い肩が揺れた。震えは間を置かずして全身に広がり、母は小刻みに揺れる自分の体を筋張った手で強く抱きしめた。

「鬼が……あいつが来るのよ！」

叫んだ母が唐突に笑い出す。ヒステリックに腹をかかえ、壊れた人形のように意味のなさない言葉を繰り返し叫び、目から大粒の涙を零《こぼ》しながら笑い続ける。

それは異様な光景であった。しかし少女は、とうとう狂ってしまったのかと冷淡に思い、泣きながら笑う母を見つめた。

耳底《じてい》にこびりついた破砕音が母の声に重なった。

昔からよく聞くその音は、ものが壊れ、取り返しがつかないことをしらせる音だ。

彼女はつねにその音に囲まれて暮らしてきた。

朝霧神無、十五歳最後の夜――。

笑い続ける母をぼんやりと見つめながら、彼女は世界の終焉《しゅうえん》を願っていた。

第一章　はじまりの場所

【一】

夏の朝は、けだるい。

悪夢にうなされ、まとわりつくように蒸れた熱の中で目覚めた神無は、しばらく木目柄の天井をぼんやりと眺めていた。何度か瞬《まばた》きを繰り返し、首をひねって隣を確認する。そこには、神無に背を向けるようにして体を丸める母親、早苗《さなえ》の姿があった。

呼びかけるために口を開いたものの、かたくなな背中を前に声はついに出ることはなく、溜息《ためいき》にすげ替わった。

神無はのろのろと体を起こし、枕元にあった目覚まし時計を引き寄せた。六時二十五分。目覚ましが鳴るまであと五分ある。光沢を失った時計に指を滑らせアラームを止め、鈍い思考をかかえながら布団をたたんだ。

昨日はよく眠れなかった。笑い、叫び、酒に溺れながら、やがて嗚咽《おえつ》を漏らしはじめた早苗の常軌《じょうき》を逸《いっ》した姿が脳裏にこびりつき、不安と混じり合って鬱々《うつうつ》とした悪夢となり神無を苦しめたのだ。朝起きると、室内には悪夢の名残のように酒気が充満し、熱で熟れてひどく不快な臭いへと変わっていた。

神無はカーテンを開け、外を警戒しながら窓を開放した。

流れ込んできた風が室内のよどんだ空気を押し流すのを感じ、ちいさく息をついて制服に着替えた。肌の露出を嫌う彼女は、周りから奇異の目を向けられても季節を問わずに長袖を着用する。それはすでに習慣といってもいい。

パジャマを洗濯機に落とし、カレンダーに手を伸ばして一枚破り取る。

九月一日は、長く続いた夏休みの終わりを知らせる日であると同時に、彼女の生まれた日でもある。

カレンダーから剝ぐように視線をはずし、神無は洗面所で顔を洗った。

ひどく頭が重かった。一瞬だけ視界が歪《ゆが》み、慌てて洗面所のふちにしがみつく。呼吸を止め、閉じたまぶたに力を込めてめまいをやりすごし、ゆっくりと目を開く。

鏡の中には血色の悪い少女が一人、疲れ切った顔で立っていた。青白いという表現が一番しっくりくるだろう肌には血の気がなく、黒く艶やかな髪をいっそう引き立てた。肩から流れた髪が透明な音を奏でるのをぼんやりと聞きながら、神無は鏡の中で死人のようにこちらを眺めている少女に視線を向け続ける。

ふっと息をつめると鏡の中の少女も動く。そこであらためて、鏡に映っているのが自分であることを認識した。

思考がうまくまとまらない。頭に泥がつまっているかのように反応が鈍くなる。

軽く頭をふった神無は、先刻と変わらず背を向けたままの姿勢で眠る早苗を振り返り、もう一度時間を確認してからエプロンを手に取り台所に立った。

深夜まで働くことの多い早苗は早朝起きられる状態になく、気づけば食事の支度は娘である神無の仕事になっていた。

冷蔵庫に指をかけたとき、ふいにアパートのドアが揺れた。

神無はゆるりと玄関を見る。

「すみません。朝霧さん？　朝霧、神無さん」

ドア越しの声は若い男のそれである。新聞も取らず近所づきあいも極力避けていたため、早朝はもちろん、昼間でさえめったに人が訪れたためしがない。

そのアパートのドアが繰り返しノックされている。

神無は男の声に不快な響きがないのを聞き取り、しばらく惚《ほう》けたように眺めてからゆっくりとドアに近づき、立ち止まるなり肩越しに早苗を見た。絶え間なく繰り返されるノックと呼びかけ——薄いドアを通したそれらの音は、けっして静かなものではない。それにもかかわらず、早苗は背を向け続け身動き一つしなかった。

そのかたくなな姿に強い拒絶の意を感じ、神無は無言のまま正面に向き直ってドアスコープを覗き込んだ。外に立っているのは案の定、若い男だった。見慣れぬ服はどこかの制服らしい——そう判断してから、解錠してドアノブをひねる。

ドアの向こうには神無とさほど変わらない年の男が立っていた。頭二個分は確実に身長が高く、なにかスポーツでもしているのか肩幅もがっしりと広い。視線に気づいて顔を上げると、個性的な丸メガネの奥で静かな瞳が不思議な色をたたえたまま細められていた。

笑みとは少し違う、どこか悲しげな空気。それを目《ま》の当たりにして、神無は思わず身じろぐ。

「よかった、まだ寝てるんやないかと思った」

瞳を伏せて表情を消し去った男は、一拍おいてから笑みを作り、ひかえめながらも明るい声を発した。

「どなた……ですか？」

「俺、士都麻《しづま》光晴《みつあき》っていうもんです。朝霧さん、迎えに来たんですわ」

うつろな表情の神無に、男は聞き慣れないイントネーションではっきりとそう告げた。関西弁を何度か耳にしたことがあったが、訛音《かいん》が方言のそれとは微妙に違う。

「迎え……？」

神無は、男――光晴の言葉を繰り返し、首を傾げる。

「申し訳ないんやけど、その制服、今日が着納めってことで」

光晴に言われて自分が着ている制服に視線を落とす。幸いにして家から一番近い公立高校に行くことができた、これはその制服である。長袖のシャツにフックでひっかけるだけですむネクタイ、ギンガムチェックのスカート、真っ白な靴下――まだどうしても着慣れない、高校の制服。

神無は光晴を見た。半袖シャツの胸元のポケットには凝った刺繍《ししゅう》がされている。エンブレムのモチーフは鷹《たか》らしくずいぶんと雄々しいが、同時に桜の花も描かれて目を惹いた。ゆるめに結んだネクタイは紺色の布地で白のストライプが入り、ズボンは黒色の落ち着いた雰囲気のものだった。

やはり、見たことのない制服だ。

市内の高校のものかもしれないが、市外のものかもしれない。しかし、神無にはあまり興味のないことだった。ただ早朝に訪れた奇妙な客を視界の中に入れたまま、じっと思案げに口をつぐむ。彼はそんな彼女から視線をはずし、ちいさなアパートの一室でぴくりともしない早苗へと顔を向けた。

「ほんまに申し訳ないんですけど、お嬢さん、もろてきますわ」

少しだけ語調が硬くなる。神無は、部屋の奥、無反応な早苗へと言葉を投げる男を見上げた。

「鬼の、使い？」

零れ落ちた神無の言葉に、光晴はなにか言いたげな目をかすかに細めた。

「遅なってすんません。ようやっとお迎えにあがれました。こんなどうしようもなくなってから来るなんて、男としては最低やけど」

ぐっと唇を噛《か》みしめたあと、動かない少女の顔を痛々しげに見つめ言葉を続ける。

「華鬼がお待ちです」

静かすぎる車中で、リアシートに身を預けた神無は流れていく景色をぼんやりと眺めていた。

高速道路の料金所を通過した車は、どこまでも続く単調な道を突き進んでいる。道路標識にさえ注意を払わない神無には、目的地など見当もつかなかった。

隣に腰かける男に抗議すべきかもしれない。

アパートで一方的に告げられた内容には説明など一切なかった。そして、乱暴ではないがいささか強引に車中へと押しやってからは、意図的に神無を無視しているのか口さえ開かないのだ。詳細を訊《き》いて危険が及ぶのであれば逃げる必要がある——そうわかっているのに、神無も無言のまま視界から次々と押し出されていく風景を見つめながら、アパートで繰り返し見た早苗の姿を思い出していた。

早苗はなにも言わなかった。たった一人の身内である神無が見ず知らずの男に連れ去られようとしているにもかかわらず、まるでその事実を無視するかのように背を向け動こうとはしなかった。

——どうでもよいのだ。娘の存在など、彼女にとっては重荷だったのだ。

そう思わずにはいられなかった。物心ついてから、神無は一度も早苗から笑みを向けられたことがない。どれほど思い起こしても陰鬱な横顔しか浮かんでこなかった。

触れることはおろか、視線を交わすことさえ避けてきた娘がいなくなった。きっと今ごろ、母は清々していることだろう。

邪魔な存在が消えて。

「なあ、神無ちゃん」

暗く凝《こご》った思考に呑まれ、ぼんやりと車窓を見つめていた神無に光晴が声をかける。

「怖ないの？」

意外な言葉を耳にして、神無は光晴に視線をやった。

「どこに連れて行くんだとか、華鬼は誰だとか、自分はどうなるんだとか、そーゆー質問、なんもないの？」

「どうして……？」

「へ？」

「私、そう訊いたほうがいい？」

「──いや、いや、すまん。俺が連れてきといて、そんなん言うのおかしいな」

奇妙なことを言う男に尋ね返すと、彼は目をそばめ、痛みをやりすごすように首をふって顔を歪めた。そして、重い息を吐き出し体に馴染《なじ》むシートに全体重を預ける。

「最低やで、華鬼」

虚空を睨《にら》みすえて低くうなる。

「なんでこんなんなるまでほっとくんじゃ。十六年間も、なんで助けもよこさず見捨てておいたんじゃ」

誰かを責めるような口調になにも返すことができず、神無は視線を指先に落とす。光晴は感情を押し殺そうとでもいうように顔面を右手でおおっていた。

指の隙間から、言葉があふれだす。

「女はな、愛《め》でて育てるもんじゃ。華《はな》のように庇護《ひご》するもんじゃ。それをあのバカ、怠りおった」

苛立つ声は呪詛《じゆそ》だ。陰惨で禍々《まがまが》しく、ひどく馴染みのあるものだ。ゆるんでいた糸が張りつめるように緊張が訪れ、神無はとっさに顔を上げた。

先刻まで黒かった光晴の目が黄金《きん》色に転じていた。鮮やかで冷淡な黄金の光——手負いの獣のようにぎらつく瞳は、人とは思えない色彩で虚空を睨みすえている。

それは、昨日路地裏で見たものと同じ輝きだった。

神無は後ろ手でドアをさぐった。走行中に車のドアを開ければどんなことになるか子どもでもわかるだろう。ましてやここは高速道路だ。外に放り出されれば無事でいられるはずがない。だが、そんな事実さえ瑣末《さまつ》なことに思えた。

母といっしょにいることが苦痛だった。狭苦しいアパートに充満する重い空気は日を追うごとに濃度を増し、呼吸さえままならないほどに肥大した。

気づけば、あそこから出られるならどこでもいいと思うまでになっていた。

同じアパートに住む大学生と顔をあわせることも、アパートの管理人と顔をあわせることも、神無には息がつまるほどの苦痛だった。

だから、どこへでも行こうと思った。

この人は少し優しそうに見えたから。

けれど、そうではなかったのだ。優しそうに見えたのはうわべだけ。この男も、あいつらとなんら違いはなかったのだ。気を許せば獲物を見つけた獣のように血走った目で距離を詰め、躍りかかってくる。

「すまん！」

真っ青になって震えながらドアをさぐる神無に気づき、光晴が慌てて反対側のドアにはりついた。

「傷つける気なんて全然ないんや」

光晴は大きな体に似合わずオロオロとする。急変する彼に戸惑う神無の指先がドアハンドルにひっかかり、身じろぐと体に直接鈍い振動が伝わってきた。ドアが開き、背後から風が抜ける。後方へ吸い寄せられるように体が倒れていく。

息苦しい車内の光景が遠ざかり、視界いっぱいに灰色の世界が広がった。

「危な……!!」

次の瞬間、腕が掴《つか》まれて神無は強引に車内へと引き戻された。シートに両手をついて呆然《ぼうぜん》と指先を見つめていると、ドアの閉まる音とともに奇妙に渦を巻く風が消えた。そのときになってようやく、ドアを閉めるため身を乗り出した光晴の体が神無に密着していることに気づく。

神無はリアシートにへばりついた。

「すまん、怖い思いしたんやな」

激怒してもおかしくない状況で、それでも光晴の声は気遣わしげだった。

「大丈夫ですか？」

「ああ、平気や。すまんな、騒がしくして」

運転席からかけられた問いに答えた光晴は、狭い車内を窮屈そうに移動し、半身を反対側のドアに押しつけてゆるゆる顔を上げる神無を見る。

「もう大丈夫や、俺はあんたに危害は加えん。俺と高槻《たかつき》と早咲《はやさき》は、あんたを守るためにおる。だから、名を呼び。いつでも駆けつける」

静かな声に導かれて神無は光晴を見つめ返す。黄金色の瞳はいつの間にか黒色に戻り、それにともなって冷淡な気配はかき消されていた。それがなにを意味するのかわからない神無は、小刻みに震える自分の体をきつく抱きしめる。

浅い呼吸を繰り返す神無をこれ以上怯《おび》えさせないためなのか、光晴はドアにはりついた姿勢でゆっくりと言葉をつむいだ。

「俺らは十六年前からあんたに添うとらなあかんかった。その命令を出さんかったんは華鬼や」

青ざめる神無から視線を逸《そ》らし、光晴はさらに言葉を続けた。

「よう見とき。俺が一等はじめに殴る男や」

どこか挑発的に光晴は口元を歪めた。そして彼は、その言葉を実行する。

『私立鬼ヶ里高等学校《しりつきがさとこうとうがっこう》』という石の銘板がなければ高校だと思えないだろう豪奢《ごうしゃ》な門扉の前、光晴は出合い頭に一人の男を殴り飛ばした。

顔を伏せた男は、すぐに漆黒の髪の奥から鋭い眼光を光晴に向けた。

「貴様……」

口腔《こうこう》の血を吐き捨て、怒気を孕んだ空気をまとって男はゆらりと立ち上がった。

木籐華鬼《きとうかき》——鬼の、末裔《まつえい》。

登校時の正門でいきなり殴打されたのは、私立鬼ヶ里高等学校の生徒会長であった。

【二】

私立鬼ヶ里高等学校は地元では名門で通《とお》っている。創立百周年という響きも荘厳で、格式を重んじながら自然の中でのびのびとした感性をはぐくみ自主自律をめざす――というのが、創立以来、学園がかかげる理念であり精神である。

山を一つ所有する学園は、十年前、老朽化した旧校舎の代わりに広大な土地の一角に、金に糸目をつけず校舎を三棟建てた。南から順に、〝学生棟〟と呼ばれる南棟、職員室や保健室、社会科室などの一般授業に利用する教室をかかえ〝一般棟〟の愛称で呼ばれる中央棟、最後に視聴覚室や実験室などが集まり〝特別棟〟と呼ばれる北棟が続く。ふだん使用しない教室やトイレにも金を惜しむことはなかったようで、〝全室〟冷暖房完備のうえ、床暖房まで備えている。

校舎の前方には山を切り崩してできた広いグラウンドがある。テニスコートが四面、サッカー場が二つ、野球場が一つ、ラグビー場、ハンドボールに長距離ランナー用に整備されたコースや、その他もろもろの運動施設がある。温水プールは五十メートルを十コース——無駄に金をかけたといってもいいだろう。バスケ部や剣道部、卓球部などが使用する体育館も、柔道部や空手部の使う闘技場も、たまにしか利用されない講堂も、これが高校生の通う学校の設備かと呆《あき》れるほどだ。

鬼ヶ里高校は男女共学の全寮制の学園である。

校舎の正門にあたる東門を出ると舗装された道があり、約一キロ先で左右に分かれ、南に行けば男子寮、北に行けば女子寮、そのまま直進すれば職員宿舎という造りになっていた。男女共学で全寮制と聞くと眉をひそめる親も少なくない。いくら離れているとはいえ、同じ敷地《しきち》内に同じ年頃の好奇心の強い子どもたちが集まるのだ。けっして間違いがないとは言い切れないだろう。

だが、意外にもそういったトラブルは少ない。それは校舎の東に職員宿舎が建ち、視界を遮るものがまったくない二つの寮を監視しているためであり、徹底した寮長の警邏《けいら》の賜物《たまもの》でもある。

鬼ヶ里の各寮には四人の寮長がいる。各学年をまとめる三人の寮長と、全体を統べる総寮長——それは男女の寮を完全に統率する八人の要人である。恐ろしく頭の切れる八人の寮長のおかげで、鬼ヶ里寮は教師の手をわずらわせることなく円滑に運営されている。

そして、鬼ヶ里にはもう一つ珍しい体制があった。

「なんかさ、執行部の会長、生徒会長殴ったらしいよ？」

広い体育館には整然と並んだ生徒たちの後ろ姿、壇上には、まっすぐに背をのばした初老の男が一人。初老の男は、生徒たちを見つめながら長かった夏休みの成果と、これからはじまる新学期の心構えを延々と語り続けている。

「執行部って――士都麻先輩が、木籐先輩を!?」

校長の話に飽きた女子生徒が漫談に花を咲かせる。あわや乱闘かというその光景は、もともと容姿、立場、行動からして目立つ二人が正面から対峙《たいじ》したことでさらに注目され、生徒たちの話題をさらっていた。

「あの二人、マジ仲悪くない？」

少女が声のトーンを落とす。

学園には生徒会と執行部の二つが存在する。

生徒会会長は木籐華鬼。女癖が悪く、いつも人を小馬鹿にしたような物言いがすっかり板についた辛辣《しんらつ》な男である。教師うけは恐ろしく悪いが生徒には意外と人気があり、気づくと生徒会長などという、不相応と言わざるをえない立場に祭り上げられていた。黙っていれば端正な顔立ちから慕われてしかるべき容姿ではあるが、最近では突飛《とっぴ》な言動が生徒たちの注目を集めているような、そんなタイプの男だ。

生徒会の主な活動は、学園の統治。自発的かつ未然にさまざまなトラブルを解消していくための機関であり、学園運営にかかわる問題ごとも教師に行く前に必ずここを通る。寮長の指名も生徒会の大切な仕事の一つで、微に入り細をうがつのが彼らの仕事だった。

生徒会のボランティア精神を彷彿《ほうふつ》とさせる活動がなければ、鬼ヶ里高校の教師一同は一ヵ月で過労死するといわれる。むろん、華鬼はなにもしていない。トップにやる気がなくとも、その下につく人材が優秀であれば事なきを得るのだというい い例だ。もっとも、その優秀な人材が華鬼を慕って集まってきているのだから、その点では不承不承に彼を評価する声がある。

現在その生徒会に唯一楯突《たてつ》いているのが、本来なら足並みをそろえなければならないとされる執行部である。

執行部の会長は士都麻光晴。長身のすらりとした容姿の彼は、細いフレームの丸メガネを愛用している。どこに行っても頭一つ高いゆえによく目立ち、おかしな言葉使いで気づくと人の中心にいる。華鬼同様に端正な面差しで、人当たりのよさと人を気遣うことに長《た》けたその性格から圧倒的に支持率が高い。

はじめは光晴を生徒会長に推す声が多かった。だが、執行部は球技大会だの学園祭だの文化祭、修学旅行などの娯楽全般をおおいに盛り上げるためにのみ心血をそそぐ機関だ。つまりお祭り好きの人間が中心となって動いている。生徒会長より執行部会長のほうが光晴の本領を発揮できるとふんで、生徒たちは彼を執行部会長に、そして空席だった生徒会長の座に華鬼をすえた。

かたや学園運営などの〝政《まつりごと》〟をつかさどり、かたやただ本当の〝お祭り〟好き集団——華鬼と光晴がそれぞれのトップに立つまでは、相反するこれら機関も仲よくやっていたらしい。

「なんか、いきなりだったらしいよ。木籐先輩の肩に手をのっけて思い切り」

現場に立ち会ったらしい女子生徒は身ぶり手ぶりをまじえながら説明する。華奢《きゃしゃ》な拳が頬にちょこんと触れると、話を聞いていた女子生徒がちいさく悲鳴をあげた。

「痛そう」

『では、生徒会長より一言』

少女たちの声をかき消すかのように館内に澄んだ声が響く。壇上から校長の姿が消え、そこには目を見張るほど玲瓏《れいろう》とした少女が立っていた。緑の黒髪は艶やかで美しく、大きな瞳には長いまつげが影を落とし、高い鼻梁とちいさいがふっくらとした薔薇《ばら》色の唇が絶妙なバランスでその美を際立たせている。制服の上からでもはっきりとわかるみごとな肢体は高校生というには成熟しすぎていたが、彼女の持つ凛《りん》とはりつめた高潔なイメージによって、けっして下卑《げび》た妄想へ繋《つな》がることはなかった。

生徒会副会長の須澤梓《すざわあずさ》である。

少女たちのおしゃべりに耳を傾けていた神無が壇上に視線を向ける。すると、舞台のそでから男が歩いてくるのが見えた。

朝、校門の前で光晴に殴られた男だ。全校生徒の前だというのに、壇上を歩く姿は気怠《けだる》げで、自然体そのものだった。副会長という立場から注意する側である梓ですら苦笑している。女を虜《とりこ》にしてやまない男は、周りの反応どころか己の持つ魅力にも興味がないらしい。長い手脚も均整のとれた肉体も、鋭く人の心を鷲掴《わしづか》みにする悪魔のように魅惑的な眼差しも、本当に何一つ興味がないのだ。

華鬼がマイクを乱暴に掴んだ。

『よくわざわざここへ戻ってきたな。朗報を一つやろう』

くっと喉元で笑って、華鬼は生徒たちを睨《ね》めつけた。

『花嫁が届いた』

あまりにも不遜《ふそん》に、生徒会長はマイクを手に嘲笑《ちょうしょう》している。生徒は意味をはかりかねて答えを探すようにざわめきだした。

「あ、あのバカ――」

そんな中、ぎょっと執行部会長――士都麻光晴が顔色を変えた。

『今夜、俺の結婚式がある』

始業式の壇上で、木籐華鬼は最大級の爆弾をいともあっさり投下した。

体育館から追い立てられるように渡り廊下に出た生徒たちは、興味津々といった面持ちで口を開いた。

「なんだったんだろうな、今の」

華鬼の傲然《ごうぜん》とした態度を見慣れている生徒たちの話題はすでにその内容へと移行していた。慌てふためいた教師たちの姿もやけに目につき、華鬼の発言とあわせて関心は高まる一方だった。

「今のが鬼ヶ里の生徒会長。格好いいでしょ？」

他人の視線を避けるように顔を伏せて歩いていた神無の隣に少女が並ぶ。薄く紅をひいたように色づく唇を笑みの形にむすび、彼女は長い黒髪を揺らしながら神無の顔を覗き込んで小首を傾げた。整った顔という表現がしっくりとくる娘は、日本人形を連想させる清楚《せいそ》な美しさを持っていた。

「私、江島《えじま》四季子《しきこ》。同じクラスよ」

「関根《せきね》ユナ」

四季子と名乗った少女を見ていると反対側からハスキーな声がした。驚いて首をひねると、背の高いボーイッシュな少女が少し不機嫌な表情で神無を見おろしていた。

「朝霧、神無です」

恐縮して名乗ると四季子が花に劣らぬ艶《あで》やかな笑みを見せた。

四季子もユナも、間違いなく美少女と呼ばれる部類だ。見渡してみれば、クラスメイトの多くにその言葉があてはまり、そんな中にいることがひどく居心地が悪く、他人の視線に恐怖を覚える体は自然と硬くなっていった。

「お父様のお仕事は？」

神無の顔色がすぐれないことさえ気に留《と》めず、四季子は明るく尋ねる。神無は視線を床へと落とした。ざわめきが耳の奥にこびりつき、言葉という言葉が濁流のように押し寄せてくる。人であふれかえった廊下が暗く沈み、狭苦しいアパートが脳裏によみがえった。

「二学期から新しい学校かあ。気分一新って感じでいいな」

どこからか少年の声がする。肯定する少女の声が続き、神無が無反応なことを気にする様子もなく質問と雑談が繰り返されていく。

物静かな転校生を囲みながら教室に向かう生徒たちの視線は、「それよりどう思う？」と意味深な調子で口火を切ったクラスメイトへ向けられた。

「木籐先輩の言葉」

「あ、それ、俺も気になる」

いち早く階段に足をかけた男子生徒が振り返りながら口を開いた。

「結婚なんて冗談でしょ」

「だよなあ。普通しないって」

「けど、木籐先輩ってそういうことふざけて言うタイプじゃないよ」

「じゃあなに？　マジで結婚すんの？」

「ありえねえって」

連れだって階段を上りはじめても男女入り乱れた会話は途切れない。学生で結婚は無理だの、そもそも相手は誰だだの、そんな下世話な話にまで発展している。

「副会長と付き合ってるって聞いたけど」

「須澤先輩？　違うんじゃないかなあ。あたしは書記の竹内《たけうち》先輩って聞いたけど」

「執行部の間宮《まみや》先輩って噂《うわさ》もあった」

「いや、泉《いずみ》先輩だって。前に写真部が騒いでたし」

それぞれに学園をにぎわす女子生徒の名を挙げ、あれは違うだのこれは違うだのと口論し、三階にたどり着くころには全員が首をひねっていた。

「誰が本命？」

そして、もっともな意見に達する。

誰とでも噂があった。むしろ華鬼の場合、噂が絶えたことがないほど交友関係は華やかだった。

木籐華鬼の女癖の悪さは有名だ。来る者は拒まず去る者は追わず、これで一度も修羅場を演じたことがないというのだから、ある意味たいした器なのだろう。

「けど、さ」

一年五組と書かれた黒い木版がぶらさがる教室のドアを開けた少年が、一瞬だけ口ごもって言葉を続けた。

「先輩言ってただろ。花嫁が届いたって」

教室に入り、席に着くことなく集まりだした生徒たちは互いの顔を見合わせた。

「なんかそれって、すごく嫌な言い方ね」

「そうだよな、普通言わない。なんか荷物みたいだし」

率直な意見が教室に響く。どんな経緯にせよ結婚すると決めた相手なら大切に違いない——そう思っている彼らは、腑《ふ》に落ちないという顔をした。

「荷物、か」

教室の片隅で会話を聞いていた少年が口の中で言葉を転がす。視線は輪の中心にいる神無へとそそがれていた。彼女は指定された席に腰をおろしたまま、表情一つ変えず机の隅を凝視している。

それを見て、彼は盛大に溜息をついた。

神無は、さきほどから輪の中心にいるのにまったく反応せず、名前以外は問われたことにも一切答えないまますうつろな目を虚空に向けていた。それがどれほど異様なことなのか、このクラスの人間は誰一人気づいていない。

その事実がどんなに悲しいことなのかも。

「水羽《みなは》？」

友人に呼ばれ、少年は神無から視線をはずした。

「どうしたもこうしたも……」

少年——水羽は、もう一度盛大な溜息をついて肩をすくめ、甘栗《あまぐり》色の髪をうるさそうにかきあげた。その様子に、友人は瞠目《どうもく》して息を吐く。

「お前」

「ん？」

「本当、女だったらよかったのに」

「ああ、はいはい。ごめんね、ついてて」

心底残念そうに言われ、水羽は苦笑した。鬼ヶ里高校には極端に美男美女が多いのだが、彼はその中でも群を抜いている。大きな瞳に長いまつげ、ちいさめの鼻と唇は小柄なその容姿をさらに幼く見せる。実際、中学生と間違えられることなど日常茶飯事で、町を歩けば視線を集め、立ち止まれば性別を問わずに声をかけられる。慣れたもので、彼はそれらすべての誘いを笑顔一つで一蹴していた。

水羽はちらりと神無を盗み見て、

「なんかさあ、ムカつくよね」

毒を孕んだ声を発し、すがすがしく笑った。

「は？」

「木籐華鬼。本当ムカつく。庇護翼《ひごよく》バカにしくさって、偉そうにふんぞり返ってんじゃねーよって感じ？」

「は!?」

「いやいや、こっちの話」

混乱する友人にいつも通り笑顔を向け、水羽はさらに声音を落とした。

「後悔させてやる。三翼《さんよく》の力、甘く見ないでもらいたいね」

水羽は愛らしいとさえ評される笑みに鋭い刺《とげ》をしのばせてささやく。

鬼に差し出される哀れな花嫁を見つめながら。


【三】


息苦しい。

どこにいても、なにをしても、視線がまとわりついてくる。安全な場所に逃げなければ、このままでは呼吸さえできなくなってしまう。

——安全な、どこかに。

神無は息苦しさにあえぎながら壁づたいに歩く。しかし、足がうまく前に出ない。呼吸だけが荒くなり、背筋に冷や汗が流れた。ふだんは動いていることすら忘れる心臓が、このときとばかりに胸の奥で暴れ狂っている。

「どこかに……」

人のいない場所に行きたい。もっと楽に呼吸のできる場所、人の視線に怯えなくてすむ場所に。一刻も早く——そう、全身が訴えかけてくる。

神無はなにかに追いたてられるように懸命に歩く。他人から見れば呆れるほどに遅いだろう。けれど、彼女にはそれが精一杯だった。

足を引きずるようにしてあてどもなくさまよい、人気《ひとけ》のない場所でほっと息をつく。校舎と校舎のあいだには驚くほど広い中庭がある。その一部には、隣接する自然と大差ないほど伸びやかな〝森〟が形成されていた。よどんだ空気で満たされた都会とは違い、そこは想像以上に清涼で落ち着いた風が流れていた。

だが、それでもなお本能が〝だめだ〟と神無に告げている。もっと人のいない場所に、少しでも孤独である場所に行けと命令し続ける。彼女に与えられた平穏はあまりに脆《もろ》い。だから、危険と向き合うことのないよう安全を維持し、どんなときでも逃げ道を確保しろとささやく。

以前は母から厳しく言われ、ほとんど家から出してもらえずにいた。だが、外が危険な場所であると認識するころには自分から外界への接触を避けるようになった。外に出るのが怖い。安全な場所などどこにもない。

いつからそう思うようになったのだろう。いつから、こんなに怯えるようになってしまったのか。

「おっと、いたいた」

ふいに聞こえてきた声に神無の体が硬直する。誰もいないと思っていた彼女は、息をつめて恐る恐る振り返った。

「どこに行ったって無駄だ。誰の刻印《こくいん》を持ってるんだ？」

不快な猫撫《ねこな》で声《ごえ》に鳥肌をたてた神無の目には、だらしなく制服を着くずした生徒が四人映っていた。後方にいた生徒がネクタイに指をかけ、乱暴にゆるめている。

「クソ、たまんねえな」

「もっと美人かと思ったんだが……なんだってこんな女に印を刻んだんだ？」

「物好きなヤツがいたもんだな」

「あてがはずれたんじゃないの？」

会話の途中で変化が現れる。神無は彼らの黒い瞳の色が退色し、やがて黄金《きん》色に染まっていくのを目の当たりにして驚倒《きょうとう》した。普通ではない。普通であるはずがない。

野生の獣のように血走った黄金の目を細める者が、人間であるはずがない。

昨日見かけた男も、今朝アパートにやってきた男も、きっと彼ら同様にどこか普通とは違うのだ。

「この匂い――男を狂わせる媚香《びこう》」

剝《む》き出《だ》しの歯列から忍び笑いが漏れ、神無は怖気《おぞけ》立《だ》った。

「このまま連れてくか？」

「味見くらいはいいだろ。無傷で連れてこいなんて聞いてない」

声をうわずらせながら怯える神無にじわじわと近づいてくる。神無は彼らから視線を逸らさず、倒れそうになる体を壁で支えて後退した。

息がつまる。どうして、いつもこんな目にあうのだろう。

この世は恐怖と絶望だけが混在する世界。神は――神など、いないのだ。

「なんだよ、慣れてるんだろ？　刻印持ちのお嬢さん」

「来ないで……触らないで！」

神無はゆっくりと伸びてきた手を悲鳴とともに払った。悲痛な声を耳にし、生徒たちが嘲笑する。

「これからイイコトするんだから、つれないこと言うなよ」

一瞬で間合いをつめた生徒は太い腕を伸ばし、神無の制服を摑むやいなや、強引に引き下ろした。

「や……!!」

薄手の生地が音をたてて裂ける。その奥に隠されていた肌に、生徒たちは一瞬言葉を吞み込んだ。細い首筋や、長袖の白いセーラー服から伸びる手、幾分長めのスカートからのぞく足を見る限り、肌は白桃のようだった。彼らは当然のように制服の下に隠された肌も傷一つない白桃であると思い込んでいたに違いない。

「おい、この女」

しかし、実際には大きく違っていた。気味が悪いほど白い肌は、古いものから新しいものにいたるまで、かぞえ切れないほどの傷痕で埋め尽くされていた。完治した傷の中には皮膚が盛り上がっている箇所も多く、くすんだ色となって残った痕が痛々しく肌をいろどっている。

その中に、目を奪われるほどみごとな真紅の花が咲いていた。

それは刻印と呼ばれる〝鬼の花嫁〟の印《しるし》。花といっても入れ墨のように意図的に描かれたものではなく、肌と同化するように、あるいは自己を主張するかのように、生まれながらにして胸元に咲くのだ。花のようであって花でなく、しかし、ときに魅惑的に男を誘う妖花《ようか》となりうるモノ。

それは、少女に絡みつく呪縛。

「すげえ……犯《や》ってから喰《く》うか？」

少女の胸元に咲く刻印を見おろし、男子生徒が本性を剥き出しにして笑った。黄金に染まる瞳は、獲物を前にしたときの肉食獣のそれである。目の前にいる至高の餌は、成長不足だが彼らの欲を満たすにはなんら問題はなかった。泣き叫ぶ女を犯しながら喰らうか、あるいは命乞いするさまを笑い、一片の情もかけずに切り裂くか――愉楽《ゆらく》に歪む顔は、思案にくれる。

「いや……!!」

生徒たちの意図を敏感に感じ取り、大きく見開かれた神無の瞳から急速に光が消える。呼吸が浅くなる。もつれながらも逃げ続けていた足が止まり、裂かれた制服をかき合わせていた指先の力が抜けた。

「なんだ？」

怪訝《けげん》な顔をする生徒たちを見つめ、神無は腕に指先を滑らせる。直角に曲がった指先に力がこもる。ちりちりと痛みが広がって、爪が皮膚に食い込んでいく。しかし神無は、その痛みにすら気づかずに肌に食い込んだ指を動かした。

皮膚が白く浮き上がってめくれ、うっすらと血がにじんだ。

「こいつ、おかしいぜ」

焦点の合わない瞳を大きく見開き、指を動かして次々と傷を作り上げていく神無を見て、生徒が気味悪そうにうめいた。光を失った神無の瞳はガラス玉のように忠実に景色だけを映し、生気というものがごっそりと抜け落ちている。

「ヤバイんじゃねえの？」

ひるんだ生徒に別の生徒が嘲笑を向ける。

「関係ない。おかしかろうがまともだろうが、どっちでもいい。どうせ――」

後ろにひかえていた生徒も自傷を続ける神無に笑みを向け、喉を鳴らして唾を飲み込んだ。

「そうだな。どうせ、喰うんだから。……不慮の事故で死んだことにすりゃいいんだ。問題ない」

血走った目を細め、残忍な表情で獲物を物色する。残った二人は顔を見合わせ、やがてその意見に賛成するように唇の端を持ち上げた。

そのときだ。

強い風が少女と男子生徒たちのあいだを駆け抜けたのは。

森から吹く風とは違う、清涼だが恐ろしく冷たい風だった。まるで真冬の冷気をまとうかのような風は一瞬でやみ、

「おいたがすぎますよ」

静かな声を運んできた。呆れているのだろうその声には鋭い刺が含まれている。

「誰だ!?」

とっさに四人は身構えた。動揺を見せる顔には先刻までの自負と自信はなく、視線は神無から離れてせわしなく辺りをさぐった。

空気が一瞬で張りつめる。それがそのまま、彼らの混乱の度合いを示していた。

「困った坊やたちだ」

言うや否や、建物の陰から男が姿を現す。男は生徒たちを一瞥《いちべつ》してから神無に視線を向けて表情を曇らせた。憂い顔がやけに板につくのは、誰もが目を奪われる中性的な美貌が起因している。後ろで束ねた長髪が、白衣とともに風に躍った。

「高槻《たかつき》先生……!?」

美貌の校医は、驚倒する生徒たちに冷徹な笑みを送った。

「一翼《いちよく》、高槻麗二《れいじ》」

麗二《れいじ》が足を踏み出すと同時に男子生徒たちと神無のあいだに影ができた。

「つたく、ちょっと目ぇ離したすきにこのありさまかいな!? 鬼の理性はなんちゅうキレやすいんじゃ」

嘆く声は頭上から――刹那、勢いよく空《くう》を裂いた影が、神無と男子生徒たちの中間に舞い降りた。身をかがめたのは一瞬で、長身の影はなにごともなかったかのように姿勢をただして鋭く生徒たちを睨みつける。

「二翼《によく》、士都麻光晴《しづまみつあき》」

呆然とする神無とは対照的に、男子生徒たちの表情がこわばっていく。逃げ場を求めるように後退した彼らの背後、草を踏みしめる音が聞こえた。

「そう簡単には逃がさないよ？」

木々のあいだから無邪気な笑みを浮かべながら出てきた少年が小首を傾げる。神無を見た瞬間、少年の顔から笑みが消えた。

「三翼《さんよく》、早咲水羽《はやさきみなは》」

少年の言葉に男たちはぎょっとした。

「三翼――!?」

花嫁を守るために使役《しえき》される鬼がいる。

鬼と呼ばれ続けた彼ら一族には女が生まれなくなって久しかった。長命であったが次代に命を繋がねば生物として成り立たない。彼らは一族を存続させるためにあらゆる可能性に賭けた。だが、もっとも近い種族であるはずの人間の女でさえ鬼の子を身ごもることはなかった。

窮地に立たされた彼らはある秘策を打ち出す。

多くの犠牲をはらい試行錯誤の末に、鬼の血を混ぜ合わせ、母体で眠る女児の遺伝子を意図的に組み替えることによって、「鬼の子を受胎できる娘」を創ったのだ。

それが刻印を持つ女――鬼の花嫁である。

刻印と呼ばれるものは、遺伝子の異常を伝えるかのように娘たちの肌に焼きついた。それを見て彼らは安堵した。これで一族が滅びることはないだろう、と。

だが、誤算が生じた。印を刻まれた娘は生まれながらに独特のにおいを持ち、娘が成長するにつれ、それは男たちを魅了し狂わせる芳香となってまとわりついた。厄介なことに、その芳香は強い鬼が刻んだ印を持つ花嫁ほど強く、本人の意思にかかわらず男たちを誘惑し続けた。

その結果、大切な伴侶となるはずの花嫁は、暴走する男たちにより危険と隣り合わせの生活を余儀なくされた。彼らは幾度となく話し合い、直面する危機を回避するために花嫁を守るシステムを作り上げる。

人とも鬼とも判別のつかない最下層の鬼は花嫁を守ることはないが、下級の鬼は自らの手で、そして通常の鬼は一人の下級の鬼に花嫁を守らせる。上位の鬼は二人の鬼を、さらにそのうえの鬼は――。

「僕で三翼だ。お前たち、誰の花嫁に手を出しているのかわかってるよね？」

生徒たちの顔がみるみる青ざめていく。

「〝鬼頭《きとう》〟――!!」

「ご名答。この代償、高くつくよ」

引きつるような声に、少年は冷ややかに微笑んだ。

第二章　生《い》け贄《にえ》の娘

【一】

九月一日の学校行事は始業式のみである。夏休みに帰郷していた生徒がいっせいに戻ってくるため、全寮制の学園は長旅で疲れている彼らが校舎内にいることさえいい顔をしない。九時半からはじまる始業式は一時間とたたずに終わりを告げ、ホームルームもそこそこに教師が生徒たちを寮へ追いやるのが恒例となっていた。

ただし、例外はある。

そこは広めの間取りに純白の壁と柔らかな色彩のカーテンがまぶしい一室。数多く設けられた棚にはさまざまな医薬品が整然と並び、主人の几帳面《きちょうめん》さがにじみ出ているかのようである。磨き込まれたキャスターには手垢《てあか》一つなく、そのさまは、手のいき届いた、というよりはいきすぎた場所と表現したほうがしっくりくるほどだ。

「いっそ公言しちゃう？　これからああいうの増えるよ」

灰色の丸椅子に腰かけた見目麗しい少年が、渋く玉露《ぎょくろ》をすすりながら目の前の男に言った。そして、つい今し方まで喜々として乱闘に参加していたとは思えない邪気のない笑顔で、ズボンについた泥をぱたぱたと無遠慮に払い落とす。

「そら得策やないで。なんせ華鬼は鬼にはムチャクチャ評判悪いんじゃや。神無ちゃんボロボロにされてまう」

「知れ渡るのなんて時間の問題でしょ。逆に庇護翼が僕らだってわかれば牽制《けんせい》になるんじゃない？」

「だといいんやけど」

そう口にしながらも光晴の表情は硬い。大きな両手で湯飲みを包んだ彼は、溜息とともに隠居老人のように背を丸め音をたてて茶をすすった。それから思い出したように立ち上がり、窓辺に歩みよってちらりとクリーム色のカーテンを見る。カーテンは部屋の一部を隔離し、その奥からは衣擦《きぬず》れの音が漏れてきていた。

「制服は何着でも用意できますが、その体は一つきりです」

カーテンの奥で穏やかな声が言う。どこか中性的ではあるが、けっして女性とは聞き間違えることのない落ち着いた声音。

「あまりいじめてはだめですよ?」

続けた声に、返答はない。かわりに声の主が溜息をついた。

「カーテンを開けます」

わずかに間をあけ、クリーム色のカーテンがスライドした。カーテンを開けたのは、長髪を軽く後ろで束ねた美貌の男――通称保健室の〝麗人《れいじん》〟である。ゆったりとした語り口、物憂げで繊細な指の動き――彼に会いたいがために体育の時間は修羅場になり、おかげで保健室はいつも怪我人《けがにん》であふれかえる。学園側にとっては迷惑このうえないが、そこいらの医者より腕がよく、なおかつ同族ということもあって「手放すのは惜しい」という理由から常勤として在籍している。

「まず自己紹介な」

丸椅子に腰かけたまま微動だにしない少女は、光晴に話しかけられても目の前にある椅子をぼうっと眺め続けていた。光晴は息を呑む麗二と水羽に視線を走らせ、静かに言葉をつむぐ。

「こっちのえらい別嬪《べっぴん》な校医は、高槻麗二」

「はじめまして、神無さん」

気を取り直したように男は背筋を伸ばした。にっこりと微笑む姿は大輪の薔薇とたとえられる。すでに性別を超越してしまった男は神無に軽く会釈をした。

「んで、こっちの美少年は早咲水羽。神無ちゃんと同じクラスや」

「よろしく」

こちらもにっこりと微笑んで、ちょっと首を傾げている。

「俺たち三人が神無ちゃんの庇護翼。まとめて三翼とも呼ばれるけど、まあ呼び方はどうでもええねん」

光晴が一人うなずくと室内に奇妙な沈黙がおりた。ここは質問があってしかるべき場面——だが、神無は相変わらず光を失った瞳で椅子を見つめていた。

ふっと息を吐きだし、水羽が立ち上がった。そして、つかつかと部屋の隅にあるステンレス製のゴミ箱に歩みより、壁に両手をつけるや否や、前触れなく蹴りだした。

「ああもう!!　僕たち庇護翼だよね!?　それがなに!?　今はじめて花嫁とご対面!?　なにそれ冗談じゃないよ!!　こんなひどい話ってある!?」

軽く蹴っているように見えるが、ゴミ箱は壁にぶつかり床に押しつけられ、容赦なくへこんでいく。

「華鬼のやつ!!　本当ムカつくよね!!」

リズミカルに耳障りな音が繰り返される。水羽はブツブツ言いながらゴミ箱を蹴りまくり、だいぶいびつになると、今度は体重をかけて踏みつけはじめた。

「水羽さーん？　それ保健室の備品ですよ？」

流し台の前に移動して茶を淹《い》れながら麗二が微苦笑で問いかけるものの、意に介さない水羽の耳には入っておらず、彼は困ったように溜息をついて淹れたての茶を神無に差し出した。

「どうぞ。落ち着きますよ」

そこでようやく神無の表情が動く。一瞬怯えるように体をすくめ、それからおずおずと両手を伸ばした。

「ありがとうございます」

受け取った湯飲みをそっと両手で包んだ神無は、今度は湯飲みを凝視した。

「ここでは誰もあなたを傷つけません。私たちが庇護翼だからというわけではなく、なんぴとたりとも私の聖域を汚すことなど許されないからです」

にっこりと麗二は微笑んだ。声音が変わったことに気づき神無が顔を上げると、視線のさきで麗二の笑顔も微妙に変化する。

「麗ちゃん、本性見えとる」

「私は別に隠してませんよ」

振り返って光晴に断言する顔は、口元だけ笑みの形をとってはいるが、誰がどう見ても能舞台に使用される般若面《はんにゃ》であった。もとが整っているだけに妙に迫力がある。

「ねえ、そんなことよりさ!!」

ゴミ箱をコンパクトにたたみ終えた水羽が再び椅子に腰かけた。

「神無、質問ないの？」

名を呼ばれた少女が、わずかに視線をただよわせる。

「質問……？」

「そう!!　いろいろ訊きたいことあるでしょ!?」

握り拳で身を乗り出す美少年に神無は首を傾げた。そして、「なにを」と逆に問い直す。その姿を目にした水羽は、神無から視線をはずすなり再度立ち上がって、今度は薬品の入った棚めがけて突進した。

「み、水羽さん!!　これ以上壊すのはやめてください！」

このまま妙な具合に噛み合わない〝会話〟を進めていくと、保健室の備品が全滅しかねない。中には劇薬として保管されているものもあるのだ。さすがに青くなった麗二は、水羽を制して光晴へと視線を投げた。

「こーゆうわけや。俺らが守らなあかんかった花嫁は、とっくにボロボロになっとったんや。当然やけどな」

痛ましげに言う光晴に麗二はそっと首をふり、鼻息の荒い水羽を解放して音もなく神無の前に移動した。

「ボロボロだなんて……よくがんばってきましたね。とても強い子だ。過去に庇護翼の保護を受けずに育った花嫁が無事であったためしはない。狂い堕落するか、死を選ぶ」

男を惑わす色香は、印を刻んだ鬼の力に比例する。神無に印を刻んだ男は木籐《きとう》――鬼の頭《かしら》、すなわち〝鬼頭《きとう》〟の名を持つ者。神無は庇護翼の保護がなければ、死んでいて当然だった。

外界からの危険は、普通の女よりはるかに多い。

見た目だけでいうのなら、どこにでもいる少女だった。しかし、刻印があることによって少女は知らずに男を誘う妖花となる。そしてその色香は女にはまったく効力がなく、ゆえに少女の苦痛は歴代のどんな花嫁よりも凄惨なものであったに違いない。

少女はあまりにも〝普通〟であったから。

どこにでもいる平凡な娘であったから。

平凡すぎると言ってもいい娘に男たちが誘惑され続ければ、女たちの反感を買わないはずはない。どうしてあんたなんかが――そうなじられ、剝き出しの敵意にさらされる日々は、男たちに狙われることと同様に彼女の精神を確実に追いつめていったのだろう。

少女が心を閉ざさねばならなかったその過去は、どれほどの苦痛を内包させていたのか。

「死を――」

神無の唇がわずかに動いた。

「死を、願っていたの。ずっとずっと望んでいたの」

ぽつりと言葉が零れ落ちる。十六歳になったばかりの少女が口にするには、それはあまりにも悲しい告白だった。

「世界の終わりを、ただそれだけを願っていたの」

泣くことも笑うことも忘れた少女は、ガラス玉のように感情のない瞳で語った。

「もういいよ。そんなこと、願わなくていい。僕たちは庇護翼だ。花嫁を守るためにここにあるんだ」

神無に歩み寄って、水羽は真摯《しんし》な眼差しで麗二の隣に膝をつく。

「せや、あんたを幸せにするためにここにおる。だから、名を呼び」

水羽の次に光晴が――彼も神無に近づいて優しい笑みを浮かべた。それを不思議そうに見つめ、神無は首を傾げた。

「どう……して？」

茫然《ぼうぜん》と問いかける彼女に、三人が微笑んだ。

「鬼はなあ、情が深いんじゃ。それにな、花嫁は宝よ」

光晴の言葉に麗二もうなずき、ゆっくりと口を開く。

「鬼の中に女性は生まれないんですよ。そして、普通の人間の女性は鬼の子を宿せない。私たちはね、人のようで、人ではない」

「本当はさ、僕たちの役目の一つに〝花嫁の説得〟があるんだよ。神無、なにが訊きたい？　なにを知りたい？　神無にはそれを訊く権利がある。僕たちにはそれに答える義務がある。すべてを知ったうえで、なにを望むの？」

「私が……望む？」

神無が水羽の言葉を反芻《はんすう》すると、三人は同時にうなずいた。どの視線も優しげであることに気づき、神無は狼狽《うろた》えて身じろぎした。

「言ってごらんなさい。知りたいことと望みを。私たちは、それに応えます」

　麗二の言葉に、神無は少し言葉につまる。彼女はなにを訊いていいのかわからないと言いたげに視線をさまよわせた。確かに、なにかを問えるだけの最低限の知識さえないのだろう。花嫁も、鬼も、彼女にとってはひどく聞き慣れない単語で、実際に、ここに連れてこられた理由さえよくわかっていない可能性が高い。

「なんでも訊いてみ？　普通花嫁はな、ものごっつう取り乱して会話にならんもんや。神無ちゃんはおとなしすぎる。訊きたいことはちゃんと訊いとかなあかん」

「訊く……？」

　なにを――。

　少女はやはりなにを訊いていいのかわからずに、言葉につまっている。

「なんでもええねん。なにが知りたい？」

　光晴の言葉に神無の表情が動いた。ちいさく唇が開く。

「すべてを」

　その声を聞いて男たちはほっとしたように笑った。

　彼らは丸椅子に腰かけている神無を囲むように椅子を運んだ。全開にされた窓から、山気《さんき》をからめた風が吹き込んでカーテンを大きく揺らす。

「鬼がなにかっちゅうんが一番の疑問やろ？」

「その前に、光晴の変な関西弁でしょ」

「関西弁やないー!!」

水羽の鋭い指摘に光晴が吠《ほ》えた。

「光晴さんには放浪癖がありましてねえ、人生の七割は根無し草のようにウロウロとしてましして。言うなれば、甲斐性《かいしょう》なしです」

「麗ちゃんまで甲斐性なし言うなや！」

「言葉おかしいのはいろんな土地のいろんな方言がごっちゃになって、自己流になってるから。まあ節操なしってコトだよね」

「節操なしやない!!」

水羽の言葉に、間髪を容《い》れずに光晴が叫ぶ。それを横目で見ながら麗二が神無に向き直った。

「それで、鬼についてなんですが」

「無視するなー!!」

「光晴、麗二の邪魔しないでよ。いつまでたっても話が進まないでしょ」

「せやかて俺の発言権は！」

「嘘《うそ》は言ってないけど」

「確かに嘘はついてへんけど、心証悪いやん」

「おや、今さらそれを気にしますか？」

「麗ちゃん、他人事《ひとごと》やと思ってごっつひどいこと言ってへんか」

ぽんぽんと弾む会話を聞くうちに、生気の抜けた神無の顔にほんの少しだけ赤みが差した。瞬きを繰り返し、不思議なものを見るように視線を泳がせ、小気味よく続く会話に耳を傾け続ける。

やがて。

神無を見つめていた男たちの口から驚きの声が漏れた。状況を把握できないまま、神無はわずかに首を傾げる。

「いろいろ思い出さなあかんな。しゃべり方や泣き方や――」

「笑い方も。大丈夫、あなたにはまだ時間があります」

「そうそう。ゆっくりと思い出せばいい。ね、神無？」

慈愛に満ちた、と表現するのが一番しっくりと馴染むような視線をそそがれ、神無は心の中のつかえが少しだけ取れたような気がしてちいさくうなずいた。

たぶん——自分は笑っていたのだろう。不器用に、たどたどしく。

もうずいぶん長いこと笑っていない。泣くこともやめた。それでいいと思っていた。

いいのだと、自分自身に強く言い聞かせてきた。

神無の前にひらかれた世界は、いつも欲望と憎悪で塗り固められていたから。それを目の前にして、笑うことなど到底できなかったから。

だから、これでいいのだと思い続けてきた。

「一個ずつ話そうな？　まずは鬼や」

まるで子どもに言い聞かせるように、ゆっくりと光晴は言葉をつむぐ。

「見た目は人間と同じや。ちょっとな、寿命が長いねんけどな」

ぴっと水羽が手を上げた。

「僕、三十三歳です」

「私は——いくつでしたかねえ。四百歳はとうに越えまして。もうすぐ五百歳だったか、すぎていたか」

ちょっと首を傾げるように麗二も語る。

「ちなみに、鬼の中で一等若作りなんが麗ちゃんな」

「一言余分ですよ？」

　不気味に微笑む校医を無視し、執行部の会長はあさっての方角をちらと眺め、ふと視界に入った神無の顔をおもしろそうに覗き込む。

「お？　なんや、なんか言いたそうやな？　寿命はな、六百年が平均。遺伝子上の欠陥とも言われる。テロメアが長いねん。ま、それだけが理由やないとは思うけど、結論は出てない。遺伝子上の欠陥の第二に、鬼の中には女が生まれん。これは致命的なんや」

「昔はね、里から妊婦をさらって監禁して、自分の血を女に混ぜて〝鬼の子を生むことのできる女児〟を生ませたんだ」

「血ぃ混ぜてな、遺伝子狂わせるんじゃや。昔は孕《はら》み女《め》ごと女児をさらっとった」

「犯罪ですし、捕まったら騒ぎになるので今はさすがにやりませんけどねえ」

「ストレスもすごかったんでしょ？」

「そらそうやろ。これから幸せになろうっちゅう女をさらって閉じ込めたんじゃや。なにも感じんわけない。流産する女も多かったらしい」

　顔をしかめて光晴がつぶやく。声色が落ちたのは、過去の悪習《あくしゅう》に腹を立てたがゆえの変化なのかもしれない。

神無は彼らを順に眺め、多くの疑問の中から一つを選び口を開いた。

「どうして?」

「へ?」

「赤ちゃん、わかるの……?」

血を混ぜるという表現でさえぴんとこない神無は、その相手を選ぶ基準もわからない。花嫁というなら女に限られるのだろうが、胎児が女である確率は五分五分だ。それを確認するために一人ずつ訊いて歩けば不審者として通報されかねないし、さりとて病院に尋ねようにも、個人情報を簡単に横流しするとは思えない。なにより誤診することもあるのだ。

医療技術が発達する前は、誤診どころか生まれるまで性別さえわからなかっただろう。そんな神無の疑問に、光晴は「ああ」と軽くうなずいてあっさり言った。

「男と女じゃにおいが違う。鬼の鼻はよくきくで。だから女見つけて、その女が自分好みで女児身ごもっとったら脅すねん。命助けるかわりに、腹ン中の子が十六の誕生日を迎えたら花嫁にもらいに行くゆーてな?」

どんな嗅覚をしているのか、それはすでに神無が持つ常識を逸脱していた。動物並みというべきなのか、それ以上と判断するべきなのか、彼らの話を素直に信用するならば、それは種を保存するための進化とでもいうべき能力なのかもしれなかった。

黄金色に変化した瞳を思い出し、あらためて彼らが異質な者であると再確認する。

——それにしても。

眉をひそめ、神無は胸中で言葉をつむぐ。それにしても、おかしな話だ、と。強引で一方的な取引は、常識ではまず考えられないものだろう。確かに以前より改善されているかもしれないが、それでもずいぶん横暴な振る舞いだ。

しかし、そう感じるのは神無だけらしく、三人は平然と話を続ける。

「鬼に美形が多いのはね、鬼が美女見つけては脅しまくってるからなんですよねえ」

「そうそう。ここの学園、鬼ヶ里高校じゃん。つまり、鬼の高校なんだよ。教職員は全員本物の鬼だし、学校関係者の三分の一は鬼。それで、女子生徒も三分の一近くが鬼の花嫁。平たく言えば、一学年丸々鬼関連」

微苦笑する麗二のあとに水羽がこともなげに告げる。聞きようによってはすさまじい内容なのに、やはり彼らは気にする様子もなく話を進めていく。

「鬼の種類は五つかな。ていっても、お家柄どうこうじゃなくて、本人の持って生まれた気質で分けるの。先祖返りが激しいほど偉いんだよ。今は華鬼が鬼頭——つまり、鬼の頭って意味の〝木籐〟を名乗ってる。僕が華鬼より先祖返りしてたら、僕が木籐を名乗ってたかもしれないわけ」

「ほしかったなあ、木籐」

「本当ですねえ」

皆がいっせいにうなずくのを見て、神無はそれが彼らにとって非常に重要な意味を持つものであると判断した。けれど、その名を受け継ぐ男は、彼らと大差ないように見え、いったいなにがどう違うのかとひそかに首をひねる。その動きを敏感にとらえて光晴がちいさく笑った。

「先祖返りって言っても、別になにがどう違うっていうわけやないんや」

「そうですね。強《し》いて言うなら、その存在感が圧倒的なんですよ」

「誰にも口出しできないくらいにね。だから鬼頭なんだけどさ。華鬼ったらやりたい放題だから、先生や他の鬼から目ぇつけられまくってるんだよね」

「口出しできないってのは、辛いですよねえ」

振り回される教師に同情した麗二が物憂げに溜息をつく。

「俺は口も手も出すけどな!」

ぐっと拳を握って光晴は声高らかに宣言した。実際に彼は校門で華鬼を豪快に殴った男である。言葉に偽りはないのだろう。

「私だって同じです。そうそう笑ってばかりはいませんよ？　ふふふ」

「笑ってへん！　麗ちゃんちっとも笑ってへん!!　笑ってんのは口だけや、目ぇ据わってる!!」

「僕だってやるときゃやるよ。倍返し」

水羽が会話に割って入ると、光晴はぎょっとしたように麗二から視線をはずした。

「倍ですむんかい!?」

「誰も二倍だなんて言ってないじゃないの」

「相手は鬼頭や！　落ち着かんかい二人とも!!」

「久しぶりの屈辱で、こう……なんていうかこう……血湧き肉躍るというか」

「麗ちゃん戻ってこい!!」

「屈辱は屈辱で返すさ……楽しみだよね、麗二」

「水羽もやめ!!」

仲裁役らしい光晴は叫んでから項垂《うなだ》れ、ちらりと神無に視線をよこす。彼は彼女に優しげな笑みを向け、それから少し表情を曇らせた。

「庇護翼はな、花嫁を守るんや。花嫁は普通とは違うから、庇護翼は仕える主《あるじ》の名のもとに花嫁を陰から守るんや。けど華鬼は、命令を出さんかった。いや、出さんかったどころか――」

言葉につまって、光晴がうつむく。

「華鬼は、花嫁の存在を誰にも言わなかったんですよ。庇護翼である私たちにも」

「僕たちは昨日聞かされたんだよ、〝花嫁〟の存在をね。こんな……っ」

ぐっと一瞬押し黙って、水羽は絞り出すように言葉を続けた。

「こんな屈辱ってない。じゃあ僕たちはなんのために選ばれたの？　僕たちは、花嫁を――神無を守るためにいるんじゃないの？」

「そんなに……大切なこと？」

悲壮な表情の水羽に神無は疑問を抱く。彼女にとって、命令を出すはずの男がそれを出さなかったというだけの話で、彼らがここまで親身になって怒る理由などないように思えたのだ。ましてや、傷ついた表情をするなど理解できなかった。

「大切なことや。ゆうたやろ？　花嫁は宝なんや。鬼の子生んでくれるんは、刻印を持った鬼の花嫁だけや。見初《みそ》めて十六年間、鬼はずっと花嫁が来るのを待っとるんや。なあ、長い片想《かたおも》いや思わんか？」

光晴にまっすぐ見つめられ、神無は動転した。

「私たちは、その花嫁を守る任を与えられるはずだったんです。……神無さん、鬼に愛された花嫁は幸せになるんです。鬼は、とても情が深い」

淡々と語る麗二も真摯な瞳をしていた。慣れない視線に神無がたじろぐと、

「ただ、鬼が選ぶ花嫁は美少女が多くて、よく修羅場になるんですよ」

麗二は場を和ませようとでもいうのか、軽い口調で続けた。

「ああ、なるのお」

うんうんと光晴が深くうなずく。

「本来、印を刻まれた花嫁に選択権はないんです。けれど、鬼がうかうかしていると、自分の花嫁と他の鬼が仲よくなってしまったりするんです」

「確かに修羅場ってるよね。花嫁を大切にしすぎて手ぇこまねいて、気づいたら間男がいたりとかね。求愛した鬼がいい男だと花嫁ぐらついちゃうんだよね。ま、僕はそんなヘマしないけど？」

可愛《かわい》らしい顔で水羽が自信満々に断言すると光晴は笑みをこぼした。

「頼もしいのお」

「まあね」

ふふんと鼻を鳴らして水羽が胸を張る。

「いいですねえ、若いって」

麗二が恨めしそうに溜息をつく。寿命が六百歳という長命な彼らの中にあって、麗二は間違いなく老人という部類に入るのだろう。憂い顔はとても老人には見えないのだが、語調は老成《ろうせい》したそれだ。

神無が戸惑いながら見つめていると、ふと麗二と目が合った。

「なにか？」

問いかけに慌てて首をふって視線を落とす。どうしていいのかもわからずうつむいていると「私ももう少し若ければ」と、麗二はいかにも年寄り臭い言葉を吐いた。

「自由恋愛がモットーの鬼ヶ里ですが、私だって若いころは、他の鬼に花嫁を盗《と》られたことなんてなかったんですよ」

「自由恋愛……？」

「ええ。婚姻は婚姻、恋愛とは別と考えるんです」

意味がわからず困惑する神無に、少し困った顔で麗二が言葉を濁した。

「それはおいおいわかるかと。鬼ヶ里がなんなのか、花嫁の立場も」

「……花嫁」

神無が一番ひっかかっていた言葉を舌の上で転がすと、それを耳にした麗二が身を乗り出して彼女の顔を覗き込んだ。

「神無さんは、華鬼の花嫁なんですよ」

「華鬼……」

「そう、あのロクデナシ」

瞳に鋭い光を残したまま、水羽は不自然な微笑みで断言する。それからすぐに表情をやわらげた。

「今晩、祝言《しゅうげん》があるの。でも気にしちゃだめだよ。あれは儀式。ただの形だけ」

「鬼は結局、自分の花嫁には弱いねん。強く否定すれば花嫁が嫌がることはせん」

「そこら辺は人間とは違いますからね」

当事者の気持ちを置き去りにして、まるで当然であるかのように三人は告げる。私《し》意《い》を伝えようと口を開いた瞬間、過去に浴びせられた怒号《どごう》が耳底に、侮蔑《ぶべつ》の眼差しが脳裏によみがえって神無はとっさに言葉を呑み込んだ。

思考が鈍くなる。自分の意思を伝えることがどれほど困難で無意味であるかは身に染みてわかっていた。口にした言葉はすべて言い訳と判断され、懇願も抗弁も何一つ相手の胸に届かず、結果的にはさらに逆上《ぎゃくじょう》させてしまう。そんなことを何度か繰り返し、彼女は学習した。

なにもかも、意味がないのだということに。

事実、言葉など過去に一度も通じたためしがない。その証《あかし》は今も神無の体に刻み込まれ、おびただしい傷痕となって残っている。

「血、止まりました？」

呼び声に、神無はゆるゆると顔を上げた。

「麗ちゃんのクスリはよう効く。ちいさな怪我なら即効や」

「血を見たりにおいかいじゃうと、キレちゃう鬼もいるんだよ。気をつけてね」

「今まではそれを見て、男たちは逃げて行ったのでしょう？」

体中に残る痕——それは、彼女にとって、精一杯の抵抗の印だった。

「血……皆、気味悪がったから……」

血だらけの少女に襲いかかる男はいなかった。彼らは一様に驚いて、あとあと妙な事件に発展し、巻き込まれることを恐れ、傷だらけの少女を残したまま足早に逃げていった。

幸いにして興奮する男には出会わなかったのだ。

だから彼女の傷は増えていった。皮膚を醜くいろどるほど。

「自傷は禁止や。鬼の中には食欲をそそられるアホもおる。刻印で魅了されたり、血でわれをなくす鬼もおる。俺らみたいになんともない鬼もおるけどな？」

「でも……」

「花嫁は庇護翼が守る。そう言うとるやろ？」

「そうだよ、僕たちを呼んで。誰よりも速く守りにいくよ」

「もうあなたに指一本触れさせせません」

予想外の言葉に神無は戸惑う。騙《だま》すつもりなのかもしれないと警戒しながらも、真摯な眼差しを目の当たりにすると少しだけ心が揺れた。

もしかしたら——と、浅はかにも、そう期待してしまう。

「名を呼び。必ず駆けつける。俺は光晴や、わかるな？」

「僕は水羽」

「では、私は麗二様と！」

「って、なんで麗ちゃんだけ様づけやねん!?」

晴れやかに公言する麗二にすかさず光晴が裏拳でツッコミを入れる。くるくると目まぐるしく動く表情と楽しげな会話に、神無の中で張りつめていた緊張の糸がわずかにゆるんだ。

「ああ、なんかええなあ」

静かな声に気づいて光晴を見ると、彼は優しく目を細めていた。

「庇護翼はな、その笑顔を守るためにあるんや。やっぱ花嫁は幸せやないとあかんと思うねん」

言葉がすとんと胸の奥に落ちてくる。彼らが向けてくれるのが心からの言葉であると直感し、動揺した神無は握りしめた自分の手に視線を落とした。過去に善意だけで接してくる者などいなかったのだ。大丈夫なのかもしれないと思っていても、痛みをすり込まれた体は激痛を予期して拒絶を示す。

それが、たとえようもなく心苦しい。

うつむいていると、光晴が椅子を倒す勢いで立ち上がった。

「なんでや!?」

吃驚《きっきょう》する光晴に神無が顔を上げると、彼は足早に窓辺へ歩み寄った。視線は校舎の外、正門として開かれた東門へとそそがれている。個人の邸宅を連想させる豪奢な黒扉の前には二つの影があった。光晴の視線を追った神無もその一点を見つめて息を呑んだ。

長身の後ろ姿は、まだあまり見慣れていない鬼ヶ里高校の生徒のもの。誰だろうといぶかしんだ神無の目に、さらにもう一人の姿が飛び込んできた。男の背にやや隠れ気味に立つのは、小柄というにはあまりに線の細い女だった。疲れ切ったように乱れた髪、青白い顔、哀れなほど痩せた体——まるで自分がそこにいるようだと、神無はそう思った。

「お母さん」

強い風がうねりながら駆けていった。

【二】

無造作に縛りあげた髪が風に流れる。

華鬼の目の前には小柄な女がいる。十六年以上前に一度だけ見た女だった。どこにでも転がっていそうな、平凡で取り立てて美しくもない、目だけが大きく血走って不気味とさえ思える痩せた女。

「ずいぶんと貧相になったな」

侮蔑をこめ、華鬼は女に声をかける。昔はもう少しマシだった。美しい女ではなかったが、生気にあふれた姿からは、こんなにもみすぼらしい印象は受けなかった。

二度と会うことはないだろう——そう思っていた女が目の前にいることに、華鬼はひどく苛立った。

「お母さん……！」

風にのって切迫した少女の声が聞こえてきた。

耳障りな声だった。全身の血が逆流するような感覚に華鬼は奥歯を噛みしめる。

顔を確認しなくてもそこに誰がいるのかわかった。庇護翼に守られることなく生き延びた花嫁。十六の歳《とし》を祝うことはないだろうと思っていた娘だ。

刻印を持つことによってその身に降りかかる苦厄《くやく》を考えれば、堕落して闇に埋もれるか、自ら死を選んでもなんら不思議はなかったのだ。

それなのに、華鬼が命じた通り花嫁はここへ来た。死を確認させるための命令が、思いもよらない事態を招き寄せている。その事実に神経が尖《とが》っていく。

華鬼は目を伏せた。

死ななかったのなら殺せばいい。鬼は本来、伴侶となる花嫁を誰よりも深く愛しなによりも大切にする一族だが、それは彼らが勝手に決めた常識にすぎない。吐き気され覚える苛立ちを少しのあいだでも紛らわせることができるなら、花嫁の一人くらい殺してみせる。きっとたいして心は痛まないだろう。

切り刻んで校舎からつるしたところで、どうせなにも感じない。ただ、胃がよじれそうになるほどの苛立ちから、ほんのひととき解放される程度だ。

たいしたことじゃない。

たまたま目の前に女児を宿す女がいた。命とわが子を天秤《てんびん》にかけさせたら、女は迷わず自分の命をとった――それだけの話だ。

印を刻む相手は誰でもよく、刻まれた娘の命は不要なものだった。なんの価値もない娘だった。過去にその命を奪っても、今奪っても、さしたる違いはない。

華鬼は腕を振り上げた。目の前にいる女と校舎から飛び出して駆け寄ってくる花嫁、どちらを殺すか――冷酷な選定に目を細める。どちらを先に殺したほうが気が晴れるか、今はそれ以外なんの関心もなかった。

怒りと苛立ちを混在させた瞳が黄金色を帯びたとき、彼の目の前にいた女が意を決したように足を踏み出した。

「神無をかえして」

女は華鬼を見つめ、震えながらも鋭い声でそう言った。

彼女の声が聞こえたのだろう神無が驚いたように立ち止まる。気配だけですべての動きを察した華鬼は、酷薄《こくはく》な態度を崩さずに目の前の女を睨んだ。

「神無をかえして。あたしのたった一人の娘なの――」

絞り出すように悲痛な声を発した女の視線は対峙する華鬼から移動し、その背後へと向けられていた。


「返せだと?」

怒気《どき》を含んだ声が静かに空気を揺らす。

母である早苗と鬼頭である華鬼の姿を校門の前で見つけ、後先を考えずに非常口から飛び出した神無は、たれ込める空気に気圧《けお》され青ざめながら後退《あとじさ》った。

鬼頭は存在感が違うのだと聞いたその意味が、今ならわかる。震えるほどに緊迫した空気が肌を突き刺し、神無は痛みを覚えて息を呑んだ。

大気を支配するのは、おそらく怒りの類だろう。なにに対してなのかはわからない。それでも、全身が危険を察知するほど彼の存在は神無にとって脅威だった。今まで一度として感じたことのない種類の恐怖が心の中に生まれ、瞬時に広がっていく。

この男は、なんの躊躇《ためら》いもなく人を殺すだろう。

殺して、平気な顔で立ち去るだろう。

それがはっきりとわかる。情の欠片《かけら》もなく、後悔すらしない。そんな男だ。

「この娘はお前の命の代わりに差し出されたんだ。返せとはずいぶん虫のいい話だな」

侮蔑と怒りを込めて華鬼は早苗に言った。神無は口を挟むこともできずに、呆然と二人を見つめている。

「ヤバイで」

「まさか、華鬼が私たちに花嫁を守らせなかったのは……」

「――最低！　華鬼って最悪!!」

神無を守るように素早く光晴が前に出ると、麗二、水羽もそれに続いた。三人が神無の前で身構えた瞬間、空気が大きく振動した。目に見えるわけでもなく、音が反響するわけでもない――それなのに、確かに空気が震えている。すさまじい威圧感が辺りに広がり、風が不自然に渦を巻いて吹き上がった。

神無は無意識に震える体を両手で強く抱きしめていた。気温すら低くなったような気がした。

これが、鬼頭の鬼頭たる所以《ゆえん》。その圧倒的な存在が、人々をことごとく沈黙させるのだ。この息苦しいまでの重圧にたえられる者がどれほどいるというのか。この場を離れろと悲鳴をあげる精神に反し、神無の体はぴくりとも動かなかった。

その事実が恐怖心に繋がった。

「娘を、かえして」

震える声が耳朶《じだ》を打ち、神無は真っ青になりながらも、同じ言葉を繰り返している早苗を見た。早苗の顔も神無同様に青く、その体は傍目《はため》から見てもわかるほど激しく震えていた。

どうして、と神無は胸中で問いかける。かえしてと言うぐらいなら、どうして今朝、見知らぬ男に連れられ家を出る娘を呼び止めなかったのか。必要なとき以外は一切声をかけず、避けるように視線すら合わせようとしなかった母——。

どうせいらないのなら取り返しに来なければいいのに。あの息のつまるようなちいさなアパートで、世界の終わりだけを願うような暮らしが母の望みだというのか。

あんななにもない、ただ空虚《くうきょ》なだけの毎日が。

地面を踏みしめる音に現実に引き戻され、神無は華鬼の背中越しに早苗を見た。

「——十六年前に俺は訊いたな？　十六年後に娘を差し出すか、今ここで殺されるか、どちらがいいと」

「そ、そうよ」

苛立ちをにじませた問いにかすれ声で早苗が答える。続けて華鬼は「お前はどうした？」と尋ねた。華鬼の質問に早苗は大きく体を震わせた。

「娘を、差し出した」

絞り出した声は、非情な言葉となって神無の胸をえぐる。言葉を受けてゆらりと華鬼が足を踏み出すと、その横顔が見えた。憎悪に凍てついた瞳は鮮やかな黄金色――それはまっすぐ、早苗に向かっている。

「自分が大切だったんだろう？　子どもの未来なんて、どうでもよかったんだ」

ささやく声に穏やかさはなく、抑えきれない怒りがにじんでいる。早苗はなにも言い返さず、華鬼の言葉に体をこわばらせた。

神無――神はいないという意味の名前。確かに神などいないのだろう。いたらもう少し楽に呼吸できる方法を教えてくれたに違いない。名を呼ばれるたびに、思い知らされる。誰にすがることも、誰に頼ることも、誰に祈ることも無意味なのだと。

世界はあまりにも暗すぎた。一片の光すら見出《みいだ》せないほど。

父は神無の生まれる前に他界していた。唯一の肉親である早苗は、神無の存在を否定するかのように、彼女を拒み続けた。

これが現実なのだと思った。男たちからはことごとく性の対象として見られ、女たちからは憎悪の対象としてしか認識されない、それが朝霧神無という人間なのだ。そんなことは言われなくても知っている。今さらどんな言葉を投げかけられても心など痛まない。流せる涙はもう一滴も残ってはいない。

心と同様、とうに干からびているのだ。

「違う……!」

真っ青になりながらも、早苗は必死で言葉を絞り出す。神無は首を傾げた。

——なにを否定しているのだろう。

神無は茫然と、震えながらも鬼と対峙する母親を見つめた。自分とよく似た、小柄で痩せた女。青白く化粧気のないその素顔は母を老女のように見せている。

「もともと必要なかった娘だ」

「違う!」

「天秤にかければ、迷うことなく自分の命を選ぶ——その程度の娘だ」

「違う!!」

涙のいっぱい溜《た》まった目で、早苗は華鬼を睨みつけた。怒りが恐怖を凌駕《りょうが》した、それは神無がはじめて見る母の姿だった。

「あんた、あのとき言ったじゃないか! ここで死ぬか、十六年後に娘を差し出すかを選べって!」

鋭く言って、早苗は再び一歩前進する。

「神無ちゃん、よう見とき。あれが母親や。あんたに詫《わ》び続けて生きてきた、あんたの大切な母親や」

肩越しにかけられた光晴の声がどこか遠い。神無は現状を理解できず、早苗を凝視していた。

「あたしは自分の命なんか選んじゃいない！　あそこであたしが殺されたら、神無は生まれなかったんだ！」

金切り声で、早苗が叫んでいた。

意味が、よくわからなかった。決死の覚悟で口を開く母の言わんとすることが、神無にはどうしてもうまく理解できなかった。そして、おそらく華鬼にも。

「なにが言いたい？」

黄金色に光る獣のような目を早苗に向け、低い声で華鬼が問う。

「神無は、その子は、あの人が残してくれた命なんだ。結婚してもずっと子どもができなくて、ずっとずっとあきらめていて――」

ああ、聞いたことがある。

神無はぼんやり考える。結婚は早かったが、ずいぶん長いあいだ子どもができなかったと――あれは、誰から聞いた話だったろう。

早苗は一人で子を産み、一人で育てた。ずっとずっと昔の話だった。

早苗は双眼に力を込め、目の前に立ちはだかる鬼を見た。十六年以上前、暗闇で突如現れたときと変わらぬ容姿の、到底人とは思えない男を。

「あの人が事故で死んで、あとを追うつもりだった。でも、死にきれなくて病院に運ばれて、そこで神無を身ごもっているって聞いたんだ」

望んだ子どもだった。あの人が生きていれば、どんなに喜んでくれただろう。夫はわが子を抱くことを切望しながらも、彼女を気遣ってけっしてそれを口には出さない心根《こころね》の優しい人だった。

きっと子どもができたと知れば、誰よりも喜んでくれたに違いない。

早苗は嗚咽《おえつ》した。

「神様はいるんだと思った。あの人の形見を抱いて、あの人のぶんまで幸せにしてやろうって誓った夜に——あんたが」

また一歩、早苗は華鬼に向かって前進する。

「あんたがやって来たんじゃないか！」

拒否すれば殺される。瞬時に彼女はそう悟った。やっと授かった子どもごと殺されてしまう。そのとき彼女が最優先にしたのは、夫の忘れ形見である大切な命を宿した〝自分の体〟を守ることだった。

はなからなにも天秤にかけてなどいなかった。子どもの命がなによりも大切だった。

――生まれた子が女だと知って早苗は絶望した。

あいつが来る。十六年後に娘をさらいに、あの鬼が来る。血も涙もない冷酷な鬼が、約束通りやってくる。

やはり神などいなかったのだと、そう思わざるをえなかった。娘の肌に焼きつくように刻まれた印を見るたびに、己の取ったあのときの行動が――鬼に命乞いをしたことが、本当に正しかったのか疑うようになった。

やがて娘を直視することができなくなった。

別段美しくもない、平凡な娘。どこにでもいるありきたりな娘。それなのに、ことあるごとにトラブルに巻き込まれる――その理由を、早苗はおぼろげながら理解した。

肌に刻まれたおぞましい印。

男たちはなにかに誘われるように幼かった娘を脅かしていった。衣服を乱し、泥だらけになって帰ってくることもあれば、傷を負って泣きながら帰ってくることもあった。その頻度は年をおうごとに増え、平凡な日常を凄惨なものに変えていった。

早苗は娘をできるだけ家から出さないようにした。遊びたい盛りだったろう幼少のころも娘を部屋に閉じ込めてすごした。

彼女は本能的に、娘を守る唯一の術《すべ》を知っていたのだ。

泣くことも笑うこともやめた娘が哀れだった。それでも、生きてさえいてくれればいいと身勝手に考え、その願いに絶望した。

「神無をかえして」

ずっと考えていた。

どうすれば娘を幸せにしてやれるか。

どうすればあの苦痛をやわらげてやることができるか。

「十六年前に訊いたよね？　自分の命か、娘の未来、どちらを差し出すか」

答えなどとうに決まっていた。迷っていたのは、娘の幸せな姿を見たいと思う己の浅ましさゆえだった。

「あたしの命をあげる。だから、もう神無を自由にして」

そう、答えなどとうに決まっていたのだ。

【三】

鮮やかな黄金の瞳が早苗を睨みつけていた。苛立ちが空気に流れ、溶け込んでいくのがわかる。

息苦しいまでの怒気に、神無は指一本動かすことができなかった。

「ふざけるな」

静かすぎる怒声が彼の怒りを克明に伝えてくる。あまりの威圧感に、早苗が喉の奥で「ひっ」とちいさく悲鳴をあげた。

「今さら貴様の命になんの価値がある？　死にたいのなら手は貸してやる。だが、それは取引じゃない」

「と、取引？」

震えながら、真っ青な唇で早苗が問う。

「取引する気なんてはじめからなかっただろ!?　今も、十六年前のあのときだって！　あんた、あのとき、どう答えたってあたしを殺す気だった！」

だから早苗はぶざまに命乞いをした。必死で助けてとすがって、そうして繋ぎとめた命だった。ひどく惨めではあったけれど、当時の彼女は、わが子が助かったことが唯一にして最大の救いだった。

「あんたにとって、神無はいらない花嫁だ。本当は死んでほしかった娘だった」

早苗の言葉に華鬼は口元を歪めた。獣を思わせる、凶暴な笑みだった。

「よく――わかってるじゃないか。死ねばよかったんだ、こんな女」

華鬼の言葉に、神無を守るように立っていた男たち――三翼が殺気立つ。

十六年間待ち続け、ようやく迎えることができる伴侶が刻印を持つ娘だ。それは本来、鬼にとって大切な花嫁だった。だが、華鬼にとってはそうではなかったのだ。死を望んでいたからこそ庇護翼をつけず、十六年間沈黙を守り続けたに違いない。

「お前が先か」

華鬼は肩越しに神無を確認し、それから早苗に向き直って残忍な笑みを浮かべて右腕を振り上げた。

早苗が神無を見つめている。

殺意を以《もっ》て腕を振り上げる華鬼ではなく、その向こうがわで茫然とする神無を。

死さえ受け入れようとする早苗の目は、ひどく穏やかだった。

必要以上に言葉を交わすことのなかった母。まるでなにかに怯えるように引っ越しを繰り返し、人目を避けながら暮らしてきた女。彼女の胸に抱かれた記憶も、優しく頭を撫でられた記憶もない。拒絶の言葉さえなかったが、きっと嫌われているのだろうと、神無がそう思わざるをえない生活だった。

「お母さん……」

早苗が笑っている。はじめて見せる優しく穏やかな〝母親〟の顔で、彼女はまっすぐ神無に微笑みかけて唇を動かした。

言葉はなかった。だがその唇の動きが、胸が痛くなるほど切実な想いを神無に伝えてきた。

気づけば神無は、身構えていた三翼のあいだをすり抜けて駆けだしていた。そして、早苗に向かって振り下ろされようとする華鬼の腕にしがみついた。

華鬼の怒りが、殺意の矛先が自分に向いてもいい。いや、はじめから花嫁として迎え入れるはずの娘に向いていたのなら、巻き込まれているのはむしろ母親のほうだ。優しい人ではなかったけれど、楽しい生活でもなかったけれど、最後に母の笑顔が見られたから、そして心からの〝言葉〟をもらったから、もうそれだけでいいと思った。

この人を自由にしてあげよう。わが子という枷《かせ》から。

十六年間背負い続けてきた重荷から、解放してあげよう。

神無は早苗にちいさく笑ってみせた。

「神無!!」

早苗が悲鳴をあげる。華鬼があいている左腕を持ち上げ、苛立ったように右腕にしがみつく神無を睨みつける。

「お前が先か?」

憎悪以外なにも読み取れない声音で言って、彼は腕をしならせた。

神無はとっさに目をつぶる。

痛みがくるだろう。今までに一度も感じたことのない激痛と呼ぶべきものが。手加減などするはずはない。それは神無の命を奪うための行為なのだから。

そう観念して痛みを待った。しかし痛みはなかなか訪れず、彼女は華鬼の腕にしがみついたまま恐る恐る目を開けた。

「いい加減にしとけや、華鬼」

怒気を孕む低い声は少し高い位置から聞こえた。振り下ろされようとする腕を掴んだのは光晴だった。その瞳は怒りのために黄金色に輝いていた。

「庇護翼の前で花嫁傷つけようだなんて、いい度胸じゃん?」

震えながら華鬼の腕にしがみつく神無をそっと引き剝がしながら、水羽が嫌味っぽく笑った。

「私たちでよろしければお相手しましょう」

神無の母を守るように華鬼の前に立つのは麗二である。

「――三翼!!　逆らう気か!?」

「逆らう？　俺らは花嫁を守るためにあるんじゃや。なにを勘違いしとる、〝鬼頭〟？」

華鬼の腕を摑んだ光晴が冷ややかに言い放つ。

「お退《ひ》きなさい、華鬼。あなたには分《ぶ》が悪い。剛《ごう》の士都麻、智《ち》の高槻、隼《じゅん》の早咲――私たち三翼は、歴代の誰よりも強い」

「一人ずつなら殺せる」

麗二の言葉に残忍に口元を歪め、華鬼は光晴の手をふりほどく。そして一人ひとり睨《ね》めつけてからゆっくり歩きだした。

空気が動く。神無は震える手を固く握って細く息を吐き出した。

華鬼は神無とすれ違う瞬間、彼女だけに聞こえるような声で絶望の言葉をささやいた。愕然《がくぜん》と振り返ったときには、華鬼の姿は校舎に消えていた。

「神無？　どうしたの？」

水羽の問いに、神無はこわばる顔を隠すように首をふり、動揺を悟られないよう注意しながら早苗を見た。ようやく正常な感覚を取り戻したのか、早苗は震えながらその場に座り込んで、両手をぎゅっと握りしめている。

早苗は言葉をくれた。声には出さなかったけれど、あたたかい言葉をくれた。

「お母さん」

ちいさく呼びかけると、早苗は青ざめた顔を上げる。

「お母さんも、幸せになってね？」

娘の言葉に早苗は目を大きく見開く。死を覚悟した瞬間に伝えようとした言葉を、まさか生きて娘から返されるとは思っていなかったのだろう。見開かれた瞳はすぐに涙でいっぱいになった。

幸せになって。私のぶんまで。

神無は心の中で言葉を続けた。自分にはそんな未来は用意されてはいない——そう確信する。

すれ違いざまに告げた華鬼の言葉が耳から離れない。彼は彼女にこうささやいた。

「今夜が楽しみだな」

——と。

早苗はひどく不安げな表情を浮かべながらも、光晴の熱心な説得で立ち上がった。なにか言いかけて口を開き、言葉を探すように押し黙ってうつむく。

「強い人ですね」

ふいに麗二がそう言った。光晴にうながされ、ようやく歩き出した早苗を見送りながらの言葉である。神無が麗二の顔を見上げると、水羽も同意してうなずいた。

「うん、強いね。十六年前に、きっとすごく怖い目にあってると思うよ。あの華鬼が相手なら」

殺す気だったと言っていた華鬼の言葉に嘘はないだろう。その華鬼を相手に、どれほど必死になって懇願したのか、その詳細は今の神無にはわからない。それでも、昨夜の早苗の狂態から察しはついた。

壊れた人形のようにヒステリックに笑い続けた母。最後には泣きながら浴びるように酒を飲み、父に――死んだ夫に助けを求めていたのだ。

守ってくれと、そう祈っていたのだ。

その言葉の意味を、神無がようやく理解する。

十六年前に繋ぎとめた命。早苗の笑顔の一切を奪うほどの恐怖の原因は、鬼頭の名を持つ冷酷な鬼だったのだ。ここに来ることがどれほどの苦痛であったのだろう。彼女が直面したのは、〝死〟に対する単純な恐怖ではない。彼女を絶望の果てまで追い詰めたのは、あの華鬼という鬼の存在そのものだったのだ。

人の命を奪うことになんの罪悪も感じないだろう凍てついた瞳、憎悪と怒りの感情を吐露《とろ》するすさまじいまでの威圧感――それを十六年前に受けてなお、早苗はここに来てくれた。娘を自由にしようと来てくれたのだ。

幸せになってほしい。心からそう思う。

少しでも鮮明に覚えていられるように、巨大な鬼の住処《すみか》から離れ、ちいさくなる早苗の後ろ姿をじっと見つめた。

「刻印は死ぬまで消えません。ここを出れば、あなたはたぶん……」

名残惜しく門扉を眺める神無に、迷いながら麗二が告げた。こんな状況にあってなお、逃げることはできないと暗《あん》に語っているのだ。遺伝子を意図的に組み替えられた女が鬼の花嫁ならば、おそらくそれを正常に戻すことは不可能に違いない。細胞が狂い変質すれば、それは彼らと同様に、もはや人とはなりえないのだ。

生涯、見えない鎖に繋がれて生きるしかない。

神無は巨大な校舎を見た。

ここを逃げ出しても、一人で生きていくのは困難を極めるだろう。神無はまだ十六歳だ。住む場所を探すのも、生きていくのに必要な金を稼ぐのも、そう簡単な話ではないだろう。それに、人がいる場所には多くのトラブルがひそみ、彼女の精神を容赦なく傷めつけていく。それほどに華鬼の呪縛は——彼が刻んだ印は強力だった。死の瞬間を夢みるほどに。それのみが救いであると渇望するほどに。

神無は花嫁を守るという任を持つ麗二と水羽に視線を戻す。彼らは鬼頭と呼ばれる鬼に平然と立ち向かう男たちだった。彼らならあの苦痛をやわらげ、穏やかな生活を送る手助けをしてくれるかもしれない。

けれど、庇護翼である彼らを巻き込んでここを出たら、華鬼は母である早苗を殺しに行くに違いない。なぜか神無にはそう思えてならなかった。ただの肉片になった母だったモノを、彼は平然と神無に差し出す。そんな最悪の未来が脳裏をよぎる。かといって、早苗の生命を第一に考え供に逃亡すれば、ようやく自由を手に入れた彼女に再び恐怖と隣り合わせの生活を強いることになる。

神無は双眸《そうぼう》を閉じ、深く息を吸い込んだ。

もう巻き込むわけにはいかない。やっと柵《しがらみ》のなくなった唯一の肉親を。

早苗は命懸けで守ってくれた。あの恐怖を知っていたのにここまで来てくれた。そのことがなによりも嬉《うれ》しかった。

神無は、思考の波に巻き込まれてうつむきかけた顔をゆっくりと上げる。

生け贄は自分だけでいい。幸せな未来など、一度だって望んだことはない。

「……行こうか？」

わずかに表情を曇らせて、水羽が神無に声をかけた。

「鬼頭と庇護翼は、職員宿舎の別棟で生活してるんだ」

つまり華鬼の花嫁たる神無も、そこでの暮らしを余儀なくされる。水羽の言葉は、神無の心に暗い影を落とした。

けっして逃げられないのだと言われている気がした。

日が陰る。

神無の目に映るくすんだ世界が、ゆっくりと色を失っていった。

第三章　花嫁の宴《うたげ》

【一】

職員宿舎は四階建てで外装は質素なものだった。生徒たちが生活する南北にある建物と同じ赤レンガの建造物、その入り口は不自然に二つ存在していた。大きく開かれた玄関は職員用で、そこからずいぶん離れた場所にもう一つあるちいさな玄関——神無は、そこへ誘導された。

「ここから先は、神無一人で」

水羽の予期せぬ一言に動揺した神無は、とっさに救いを求めて麗二を見た。だが彼も、困却《こんきゃく》しながらうなずいていた。

覚悟は決めている。

――その、はずだった。それなのに足がすくむ。死を望んでいるのに、それを覚悟してもなお恐怖は心の中をどす黒く染める。あの鬼は優しく殺してはくれない。きっと誰よりも残忍な顔で嗤《わら》い、奈落へと突き落とす。

「神無さん」

麗二の声に、神無は緊張にこわばった体を揺らす。

「だ、大丈夫……です」

神無は震える声で返し、鳥肌が立つほど冷たいドアノブを摑んだ。静かに息を吸い込んで、ゆっくりとノブをひねる。軽い音が響くと、

「いらっしゃいませ」

柔らかな女の声が聞こえた。ドアの向こうに立っていたのは、四十歳前後と思《おぼ》しき上品な女である。うっすらと紅をさした唇には優しい笑みが浮かび、丸みを帯びた体つきがおおらかな印象を与えてきた。二十年前はさぞもてはやされたに違いないたおやかな女は、戸惑う神無に深々とお辞儀をした。

「もえぎさん、あとはお願いします」

「はい、お任せください」

もえぎと呼ばれた女は麗二に大きくうなずいてみせる。剣呑《けんのん》な空気がないことを確

認しながら神無が建物の中に入ると、背後でドアが閉まる音がした。

「大丈夫ですよ、そんなに怖がらなくても。取って食べようなんて思ってません」

慌ててドアを振り返る神無の耳にゆったりとした声が届く。視線を戻すと、優しげな笑みを浮かべたまま、もえぎが神無を見つめていた。神無は困惑しながら口を開き、視界に飛び込んできた建物の内部に口を閉じた。職員宿舎と同じ建物の中に入ったはずなのに、神無の左手——本来なら長い通路か空間があると予想されたその場所には、無愛想な壁が行く手を阻むように続いていたのだ。

神無は視線をめぐらせ、広い廊下と右手に並ぶ等間隔のドアを眺めた。

「職員宿舎は少し変わった造りをしています。外観は一つの大きな建物ですが、内部は壁で隔てられています。隣は本棟となっていて学校職員が生活し、現在私たちがいるこの場所は別棟の扱いなんです。一部共有スペースが存在しますけれど、基本的に往来はありませんのでご安心ください」

壁を見つめる神無に歩くようにうながしながら「内装ですが」と説明を続ける。

「一階は大浴場と食堂、それに麗二様のお部屋があります」

「……麗二様」

「はい、麗二様」

繰り返す神無に、きっぱりともえぎは返した。なんの躊躇いもなく断言されるとそれ以上はなにも訊けなくなり、神無はおとなしく口をつぐんだ。

「二階は書庫と娯楽室。ここには光晴さんのお部屋があります。三階はゲストルームと水羽さんのお部屋が」

どうやら様づけなのは麗二だけらしい。

「四階は、〝鬼頭〟の部屋になっております」

もえぎはそう続ける。それが自分の部屋になるのかという質問は、どうしても言葉にできなかった。問うかわりに、神無は重い足を引きずるようにして、先導するもえぎについて廊下を歩く。彼女が向かっているその先にすりガラスが見えた。

人影が動く。いくつも、いくつも。

細い影は、折り重なるようにしてささやきあっていた。

「聞いた？　鬼頭の花嫁。庇護翼がいなかったって」

「きっとその子、もうグチャグチャよ」

「鬼頭の花嫁なのにね」

「真っ黒な花嫁。ケガラワシイ」

なにか言っている。甲高い女の声が、いつものように、悪意しか吐き出さない真っ赤なクチバシで。

「今日も襲われたって。ねえ、どんなきれいな子なのかしら？」

「それ、どうなったの？　どうしたの？」

「庇護翼に助けられたって――」

「なんだ、残念。……食われちゃえばよかったのに。鬼は自分の花嫁以外には、優しくないから」

「鬼頭の花嫁なら、きっとどんな女よりおいしいでしょうね？」

ささやく声は、嫉妬で狂ったように歪んでいた。

今さら耳をふさぐ必要はない。慣れている――こんな言葉は。罵声も憎悪も羨望も嫉妬も、今まで嫌というほど聞かされてきた言葉だ。

「これから結婚式なんでしょ？」

「ねえその子、白無垢《しろむく》を着られる子なのかしら――？」

「お黙りなさい！」

もえぎが鋭く一喝すると耳障りなささやきが途切れる。ぼんやり虚空を見つめていた神無は、もえぎの声に現実に引き戻されて、開けはなたれたガラス戸の奥へ視線を移動させた。そこには、四人の女が驚いたように固まっていた。話に夢中でもえぎが来たのに気づかなかったらしい。

「口を慎みなさい」

女たちはもえぎの一言に派手な美貌を悔しげに歪めた。そしてすぐに、もえぎの後ろで呆然と立ち尽くす神無を見て鮮やかに笑った。

それは、嘲笑という名の笑みである。

一目で鬼頭の花嫁が自分たちよりはるかに劣ると判断したのだろう。彼女たちの顔に浮かんだのは、相手を見下し、己の優位に酔う者の表情だった。

「体を清めます。用意を」

もえぎの言葉に、女たちは目配せをしながら奥へと歩き出す。

くすくすと笑う声が神無の耳に届いた。

「あの……」

「申し訳ありません。不愉快な思いをさせました」

もえぎの謝罪に神無は慌てて首を左右にふる。慣れていると言いかけてその言葉を呑み込み、かわりの言葉を口にした。

「ここは？」

「大浴場です」

そう返し、もえぎはそっと神無の背中を押す。誘導にしたがってすりガラスを抜けると、言葉通り広い脱衣所だった。人に体を見られることを極端に嫌う少女は、アパートのちいさな脱衣所とちいさな浴槽しか見たことがなく、当然のことながらその浴槽は、彼女がはじめて見る規模のものになる。

「個人のお部屋にも浴室はございますが、皆様はよくここを利用されます」

もえぎが奥のすりガラスのドアを開けると、神無はさらに驚倒した。

こういった施設を見たことがない神無にとって、その風呂はプール並みの広さであり、ジャグジーやうたせ湯、硫黄の香りのする岩風呂、サウナ室に至っては伝聞でのみ知りうる、まったく未知の領域だった。

「あの、一人で入れますから……っ」

薄手の着物一枚になった女たちが近づいてくる。神無は真っ青になってもえぎに訴えたが、それを遮って女たちが素早く彼女を取り囲んだ。

「なに言っているの？」

「ほら急がないと間に合わないわ」

「遠慮しないで、ね？」

「恥ずかしがらなくてもいいでしょ。女同士じゃない」

いびつな笑いを顔面に貼りつけ、女たちは次々と手を伸ばしてくる。

彼女たちは知っていたのだ。庇護翼に守られることなく育った花嫁が、どんなに悲惨な生活をしているのかを。正気を保ったまま鬼ヶ里に来た人間など今まで一人もいなかった。神無の存在は、文字通り希有《けう》なものとなり注目を集めるに違いない――その瞬間、歪んだ妄執が彼女たちの中で産声《うぶごえ》をあげた。

「震えてるの？　おかしな子ねえ」

青ざめて怯えながら逃げ場を探す神無の姿は、哀れを通りこして滑稽に見え、加虐心がくすぐられた。彼女たちの目の前にいるのは、美しい娘を好む異形の者たちにはまるでふさわしくない、選ばれる価値すらない娘だ。それなのに、そんな娘が花嫁の頂点である〝鬼頭の花嫁〟として鬼ヶ里へ訪れた。大切に守られ愛されながら育った彼女たちは、貧相で滑稽なだけの娘に劣ったのだ。

――許しがたい屈辱だった。

女たちは気味の悪い笑みで顔を歪めながら神無に摑みかかる。恐怖で青ざめた顔から、彼女たちはその過去をくみ取った。

さぞ恐ろしい目にあってきたのだろう。繰り返し、終わることなく。

悲鳴をあげて助けを求めないのは、駆けつけた人間が味方であるとは限らないと、そうすり込まれているからだ。

「あら、なんて醜いのかしら」

制服のボタンが弾け飛び、隠されていた素肌が覗く。それを見た女たちは優越感に酔いながら傲然《ごうぜん》として笑った。白い肌を埋める傷痕は、その過去がいかに過酷なものであったのか彼女たちに確信させたのだ。

――汚らわしい娘。鬼頭の花嫁にふさわしくない、腐敗した花嫁。

女たちの瞳が、神無にそう告げる。

「お前、幸せな花嫁になれると思ってるの？」

女たちが嗤《わら》う。

神無の目の前にいるのは、心に鬼を飼うもう一つの〝鬼の花嫁〟たちだった。よろめいて座り込んだ神無は、視線から逃れようと体を両腕できつく抱きしめた。

いつもなら少しでも危険がともなう場所には近寄らなかった。それが唯一、自分を守る方法だと熟知していた。そうしなければどれほどの苦痛が待っているかを、彼女はその経験上よく理解していたのだ。

以前の彼女なら、こんなところには来なかったはずだ。

「みっともない。さっさと――」

敵意を剝き出しにするような人間がいる、こんな場所になど絶対に。

「みっともないのは、あなたたちよ」

侮蔑の混じった声を打ち消すように、凛《りん》とした声が響く。あたたかい雫《しずく》が脱衣所に飛び散り、女たちが悲鳴をあげて体をひねった。

「嫉妬に狂った女は見苦しい。冷水でなかったこと、感謝してもらえるかしら？」

木製の古風な手桶《ておけ》を持ったもえぎは、射るような眼差しで四人の女たちを睨みつけた。ぽたりと手桶から残りの湯がしたたり落ちる。湯をかけられた女たちは、もえぎを見つめたまま言葉を失っていた。

「出ていきなさい。これは神聖な儀式です。その醜い嫉妬で汚されたくないわ」

もえぎはすりガラスを指さした。

「だって――」

「出ておいき。まだ恥をかきたいの？」

有無を言わさぬ口調に女たちは唇を嚙んだ。格が違う。鬼の花嫁としての、そして、彼女を守る鬼の格が、嫉妬に狂った女たちとはあまりにかけ離れていた。まだなにかを言いかけた女たちは、もえぎの厳しい視線にたえかねたのか、神無を睨みつけるなり足早に脱衣所を出ていった。

すりガラスが閉まるともえぎは溜息をついた。

「重ね重ね、申し訳ありません。大丈夫、あなたは幸せな花嫁になれます。お聞きになったでしょう、鬼はとても情が深い生き物です。とくに、鬼頭の名を継ぐ者は別格とうかがっています」

しゃがみ込んで震える神無の肩を、もえぎはなだめるように優しく撫でる。

「鬼は強ければ強いほど、子を成しにくくなります。だから強い鬼というのは、自分の子を産んでくれる花嫁を本能で守り、愛するのですよ」

神無の服を脱がせながら、もえぎは言葉を続けた。

「人と鬼とは違います。生まれる前に花嫁を決め、十六の誕生日にさらうなんて許されることではありません。でも、それが鬼の世界。人は出会って恋をし、結婚をしますが、鬼は出会う前に婚姻を交わし、結婚してから恋愛をするんですよ。おかしな生き物でしょ？」

そう言ってもえぎは笑い、傷痕で埋め尽くされる肌を隠すように背を丸める神無を浴室へとうながす。そして、神無を風呂椅子に座らせると手桶で湯をかけた。

「十六歳の誕生日の朝に、私は両親に結婚の話を切り出されました」

もえぎは、神無の背中を洗いながら苦笑した。驚いたように振り返る神無にうなずいて、彼女は言葉を続ける。

「学園にいる女子生徒の中には普通の者もおりますが、今ここに集まっている女たちは鬼の花嫁ばかりです。それぞれに反発はあったでしょう――私は、泣いて叫んで大暴れしました」

おおらかで優しい雰囲気からはとても想像できないが、もえぎは過去を懐かしむように目を細めていた。

「でも、今ではとても幸せです。あの方の子を産んでさしあげることは残念ながらできませんでしたが、あの方の花嫁であることが、私の誇りです」

「あの、それ……」

神無がちいさく口ごもる。それに気づき、もえぎは手を止めた。

「私は麗二様の花嫁です」

「高槻先生の……？」

保健室の〝麗人〟の花嫁。意外だったが、あの穏やかな人が選んだ花嫁がこの女性なのだと思うと、不思議なほどすんなり受け入れることができた。

「鬼の寿命は長い。そのあいだに何人もの花嫁を迎えます。そのすべての花嫁は鬼より先に年老いて死んでいき、私もいずれそうなります。最期《さいご》はあの方が看取《みと》ってくれます」

寂しそうに、幸福そうに、もえぎが笑う。人と鬼は違うと彼女が言う通り、その思想も生き方も、共通点などなにもない。

だが、それでも心を通わせることはできるのだ。

もえぎを見つめる麗二の眼差しは優しかった。彼を想い言葉をつむぐもえぎも、とても穏やかな表情をしている。

では、自分は。

神無は、自らの心に問いかける。

花嫁の死を願う鬼と、鬼を恐れる花嫁はどうなるのだろう。

「あなたは幸せになります」

呪文のようにささやくもえぎに、神無はちいさく首を左右にふっていた。

苛立ちと憎悪で塗り固められた華鬼の視線には愛情など欠片もない。飾ることも偽ることもない瞳に宿るのは殺意という負の心だ。神無にはそう思えてならなかった。

そしてその先には、間違いなく自分がいた。

暗い気持ちで浴槽を出た神無は、脱衣所で真っ白なバスタオルにくるまれた。

「そんなに怯えなくても大丈夫。これは形式的な儀式です。鬼にとってはただのお披露目の場なのですよ？　結婚といっても籍を入れるわけではありませんし、確かに今日が初夜ですけれど、鬼にとってそういった概念もありません。花嫁が拒めば無理強いはしませんから――ある意味、人間の男より紳士的です」

もえぎは困り顔で微笑みかけて、痩せて傷だらけの神無の体を丁寧に拭く。

青ざめる神無に純白の肌着を着せると手を引いた。

「し、下着は……！」

今着ているのは、袖のないロングタイプの和装用の肌着だけである。薄布一枚で心もとない神無は、真っ赤になりながらもえぎを見た。

「――その、一応つけないしきたりで」

「え……!?」

「打掛《うちかけ》を着るので下着の線は関係ないはずですが、どうも昔からそういうことになってるようで、下着も和装ブラも、一切身につけないんです」

苦笑するもえぎに、神無の顔が引きつっていく。

「お式のあとにもう一度身を清めるので――そのとき、お持ちしましょうか？」

気を利かせてくれたもえぎに神無は何度もうなずいた。ここでその質問がくるということは、普通は入浴後も下着を着けないのだろう。彼女にとって、拷問以外のなにものでもなかった。

神無はスリッパを履かされ廊下へ誘導される。どこに連れていかれるのかと体をこわばらせていると、もえぎはすぐ近くの部屋のドアを開けた。

真新しい、いぐさの匂いがした。

広い和室の中央には優美な鶴が縫い込まれた純白の打掛や掛下《かけした》が、さらにこれから使うだろうさまざまな道具はちいさなテーブルの上に、その隣には三面鏡《さんめんきょう》の化粧台が不自然に置かれ、すぐそばに女が三人立っていた。

もえぎが一声かけるとやや年嵩《としかさ》の女たちは明るく返事をし、神無を椅子に座らせるなり化粧を開始した。はじめは警戒していた神無も、鬼頭の花嫁を仕上げられて光栄だと笑った彼女たちに険《けん》がないことを感じ取ると、その後はおとなしくされるがままになった。鬼の花嫁の中には、こうして普通に接してくれる人がいるのかもしれない

——そんなことをぼんやりと考える。

化粧をし、髪を結いあげ、着付けを終わらせると綿帽子をかぶせられる。それは思いのほか時間がかかり、もともと体力のない神無にとって重労働に匹敵した。一連の

作業が終わるころには歩くのも億劫《おっくう》になるほど疲れ、花嫁衣装の重さが心身にのしかかってきた。

「せっかくの晴れ舞台なのに失礼よね」

神無が三面鏡の前に立ったとき、女の一人がはじめて不服を唱えた。

「この婚礼衣装、間に合わせなのよ」

「急な話だったから仕方ないじゃない。でもほら、この帯、いいわよ？　それに白無垢はちゃんとそろいの生地だし。……打掛を着るから、帯が凝れないのが残念ねえ」

全体の様子を見ていた女は、末広《すえひろ》や懐剣《かいけん》の位置を調整し、襟元をなおして帯を確認したあと、嘆息してそうこぼした。

「凝っちゃえばよかったじゃない」

別の女が率直な意見を口にすると、彼女は静かに首をふった。

「そうもいかないわ。だってシルエットがおかしくなるのよ？　鬼頭の花嫁がおかしな格好でお式に出るわけにはいかないでしょ。皆来てるのに」

「そうねえ」

身動きがとれないことに困り果て所在なげにもぞもぞと体を動かしていた神無は、三人の会話を耳にして動きを止めた。

「あの、皆って……」

「ああ、偉い人は一通り来てるみたい。大学病院の先生とか弁護士、政治家もいるのよ？　見た目は普通の人と同じだから、町で会っても絶対気づかないわね」

神無は驚きで言葉を失っていた。

〝木籐〟は鬼の中で一番強い鬼――つまり、鬼の頭という意味の鬼頭なのだ。その婚儀に呼ばれるとなれば、当然来る者もそれなりの権力者となる。

〝鬼頭の花嫁〟という名が重くのしかかってきて、神無の顔から血の気が引く。これから向かうのは、居心地のいい場所とはなりえないだろう。

「そういえば、今日は鬼頭の――ほら、父親が欠席とか」

「ああ、連絡がいってないって話？　なかなか気難しい人って聞いてるけど、お式に出ないのは残念ね」

じっくりと全体を見て納得したのか、女は最後にゆるやかなカーブを描く綿帽子を固定して軽く神無の肩を叩いた。

「はい、主役のできあがり」

神無は、三面鏡の奥にたたずむ暗鬱《あんうつ》とした表情の花嫁を呆然と見つめた。

真っ白に塗りつぶされた花嫁――それは、欲望と憎悪を向けられることが当然となり、おびただしい傷痕を純白の婚礼衣装でおおい隠した娘の姿だった。

『幸せな花嫁になれると思ってるの？』

大浴場で会った女たちの言葉が脳裏をよぎる。表層をどんなに美しく飾っても、その中身は今までの自分だった。怯えて逃げることしか知らない、ちっぽけな――なんの価値もない、愚かな娘。

幸せになれるとは思ってはいない。望んでなどいない。

けれど、もし――。

もし、許されるのなら。

「幸せになりたい」

誰の耳にも届くことのなかった言葉は、ちいさくちいさく、彼女の心の奥にしまわれていた。

【二】

部屋から出ると、廊下にはいつの間にか赤い絨毯《じゅうたん》が敷かれていた。

これからおこなわれる儀式は神聖なものである。

鬼にとってはただのお披露目の場であるともえぎは言ったが、伴侶となる娘を公《おおやけ》にさらすのだ。けっして安易な気持ちで臨《のぞ》むものではないだろう。

――あの男以外は。

「こちらです」

神無は言われるまま赤絨毯を踏んだ。まるで血染めの床だ。一歩進むごとに足に血が絡み、刻々と重くなっていく気がする。

「神前式のように見えますが、堅苦しいことはありません。一族の前で夫婦の契《ちぎ》りとして杯《さかずき》を交わすだけ。それだけですよ」

もえぎはそう言って神無をエレベーターの前まで誘導した。

神無がエレベーターに乗り込むと、もえぎは入り口で深々と頭を下げる。

「いってらっしゃいませ。どうか、お幸せに」

エレベーターのドアがゆっくりと閉まっていく。わずかな隙間から、彼女が優しく微笑んでいるのが見えた。

三階のボタンが押されているのを見た神無は、別のボタンを押そうと震える指を伸ばし、息を吸い込みきゅっと赤い唇を噛んだ。

ここまで来て逃げ出そうとする自分が哀れだった。逃げる場所も、逃げる手段もないとわかっているのに、まだもがこうとする。

神無は震える手を引き寄せ、もう一方の手で包み込む。

逃げてはいけない――神無は自らに言い聞かせる。今逃げれば、周りに迷惑をかけることになる。なにより母を自由にすると決めたのだ。

機械的な音が軽く響くと、エレベーターのドアがゆっくりとスライドした。三階にはゲストルームがあると聞いていたが、その床も神無が進まねばならない道を示すかのように赤い絨毯が敷いてあった。

いつの間にか浅くなっていた呼吸に気づき、神無はゆっくり深呼吸して青ざめた顔を上げる。

「ようこそ、鬼頭の花嫁。私は本日、斎主《いわいのうし》を務めさせていただきます、渡瀬《わたせ》と申します」

ふいにかけられた声に神無は肩を大きく揺らした。エレベーターの脇に男が立っていた。

「いわいの……うし？」

「斎主《さいしゅ》と申したほうが、通りがいいかもしれません」

四十代後半といった風格のある和装の男がゆったりとそう返す。だが、なんのことだかわからない神無には返答さえできなかった。

男はドアを押さえ、エレベーターの中を覗き込んできた。

「鬼頭はどちらに？」

エレベーターに乗せられたのは神無一人である。すでに華鬼がここに来ているとばかり思っていた神無は驚いて渡瀬を見上げた。

「参入はいっしょにと、あれほどお伝えしたのに……」

溜息混じりに言った男の目が、ふと神無に向く。彼は口元を歪ませ、侮蔑と欲望のない交ぜになった表情を浮かべた。

それは神無にとって、ひどく見慣れた笑顔だった。

「さすがは鬼頭の花嫁――その容姿でもそこまでの色香とは。さぞ、悪夢をご覧になったでしょう」

嘲笑交じりの言葉に神無はなにも返すことなくエレベーターから降りた。

「……動じませんか。おもしろい」

渡瀬はそうつぶやくときびすを返して赤い絨毯を歩きはじめた。

「式の開始が小一時間ほど遅れております。主賓がいない挙式というのは例がありませんが、これ以上引き延ばすわけにはいかない」

主賓と聞いてすぐに華鬼の顔が思い浮かんだ。迷いなく遠ざかっていく渡瀬の背に視線をあてていた神無は、彼の言葉を咀嚼《そしゃく》するように繰り返し、唖然《あぜん》とした。花婿である華鬼はまだ訪れていない。そんな中で、渡瀬はさほど困ったそぶりも見せずに花嫁だけで式を進めようとしている。常識などなにも通用しないのだと再度突きつけられて狼狽《ろうばい》し、彼を止めるために慌ててその背を追いかけた。

婚礼衣装が重く、足がもつれる。転びそうになって踏みとどまると、赤絨毯が途切れていた。目の前に渡瀬がいることに安堵して口を開き——そして、地響きのように押し寄せてくる声に辺りを見回した。左手には壁、右手には襖《ふすま》がずらりと並んでいる。立ち止まった渡瀬が襖に手をかけ、息を呑む神無にちらりと視線をやってからそれを開け放った。

ざわめきがいっそう大きくなる。

「お待たせいたしました。式をはじめましょうか」

ここでもいぐさの匂いがした。替えられて間もないだろう畳は青々としている。

神無は室内を見て言葉を失った。着付けに使われた部屋もかなり広かったが、ここはそれ以上だった。いくつかの和室の襖を取り外しているようで、天井から不自然に欄間《らんま》が突き出していたが、それにしてもこの広さは尋常ではないだろう。左右に鎮座《ちんざ》している和装の男たちは、最後には黒い線のように区切りもなく連《つら》なっていた。

「おい、鬼頭はどうした？」

男の一人が大声を張り上げる。

「いえ、それが――」

渡瀬が言葉を濁すと男たちが嘲笑した。青ざめたまま上座に着く、あまりにも平凡な花嫁を見すえながら。

「選択を誤ったようですな、鬼頭は」

稀《まれ》に醜女《しこめ》もいたが、美しい女を脅し、その女が産んだ娘を迎え入れるため、ほとんどの花嫁が母親譲りの美しい少女たちだった。それゆえ、鬼の中では美しい花嫁を迎えるのがごく一般的で、婚礼衣装も花嫁に見合う一級品を取《と》り揃《そろ》えるのが通例となっている。しかし、上座にいる娘はそうではない。間に合わせの婚礼衣装で申し訳程度に着飾った少女だ。

しかも、主賓である鬼頭はいまだに姿を見せない。

いったいどんな茶番劇だ――。

言外の問いと批難はまっすぐ神無に向かっている。居たたまれず顔を伏せ、膝の上で握りしめた手に力を込めた。

「人をバカにするにもほどがある」

和装の男たちの中で、そう吐き捨てる声があった。

「そう言うな、いい話のネタができたじゃないか」

「冗談じゃないぞ、私は大切な学会をキャンセルしてまでここに来たんだ」

「招集が昨日の今日じゃ、皆不満でしょう。お互い様ですよ」

「こうでもしなければ、互いに帰郷することもない。いい機会じゃないか」

男たちが無遠慮に話す姿を見て、渡瀬は仕方がないとでも言いたげに溜息をついた。

「おい、さっさと杯を交わせ！」

遠くから男の怒声が響く。

「花嫁一人でか？　そりゃ、前代未聞だ」

どっと男たちが笑う。好色《こうしょく》そうな下卑《げび》た笑いに再び渡瀬は溜息をつき、朱塗りの杯を手にした。神前式で使う杯よりもはるかに大きい。彼は直径が二十センチはあるだろうそれを神無に持たせた。

「本来はこれいっぱいに酒をそそぎ、半分を鬼が、その半分を花嫁が飲むのです」

神前式独特の三三九度《さんさんくど》とは違う手順を手短に説明した渡瀬は、金の銚子《ちょうし》を傾けて杯になみなみとお神酒《みき》をそそいだ。

アルコールの臭いには慣れていたが、神無自身は一度も酒を口にしたことがない。

神無は途方に暮れながらちいさな波紋を幾重にも広げる杯に視線を落とした。

これは、夫婦の契りを交わす儀式——神聖で厳粛な誓いとなるものだ。だが実際には、鬼が刻む印となんら変わりなく、彼女にとってはその身を縛りつけるための忌まわしい鎖でしかない。

「早く杯を空《あ》けろ!! いつまでたっても宴がはじまらん!!」

怒声に身をすくめ、神無はいったんきつく目をつぶってから真っ赤な唇を杯に寄せる。なんとか流し込んだ酒は、苦みと甘みをふくんで喉を焼き、腹の奥に熱となってじわりと広がった。むせそうになるのを必死でこらえ、さらに酒をふくむ。

「もたもたするな」

遠くから野次《やじ》が飛ぶ。何度傾けても、朱塗りの杯を満たす酒は減らなかった。

「俺が助けてやろうか?」

「そりゃいい、鬼頭の花嫁と婚姻を交わすなんて、またとない機会だ」

和装の男が身じろぎ、はやし立てる声に応えるように腰を上げた。

嘲笑を耳にしながら必死に酒を飲みくだすが、杯の中身はやはりまったくと言って

いいほど減っていない。

和装の男が上座に近づくと、空気を満たす笑いがその種類を変える。

「下層ともつかぬ鬼の子の分際で」

吐き捨てるような声が耳朶を打ち、神無は蒼白《そうはく》となった顔を上げる。歩いてくるのは学生と見まがう容姿の持ち主で、彼は神無と目があうなり侮蔑の表情を浮かべ、黄金色に染まる肉食獣の目を細めた。細められた黄金の瞳に強い憎悪と敵意を読み取った神無は、杯を投げ捨てるように腕を動かしていた。

逃げるために体が動く――その直前、鋭い音が鬼たちの笑いをかき消した。

一瞬にして重苦しい空気が辺りを包んだ。

衣擦れを耳にした神無が目の前に迫る鬼から視線を逸らしたときには、強引に杯が奪い取られていた。神無はからっぽの両手から視線をはずし、ゆっくりと上を見た。鬼ヶ里高校の制服が見えると心臓がぎゅっと痛くなった。衣擦れの音が再び聞こえる。さらに視線を上げた神無が見たもの――それは、朱色の杯をあおっている華鬼の姿だった。飲み干された杯が投げ捨てられ、柱にあたってガラス細工のように派手な音をたてて弾《はじ》けた。

柱の脇には、ひしゃげて骨組みが剝き出しになった襖があった。先刻の鋭い音は、襖を〝開けた〟ときのものだったらしい。婚礼であるにもかかわらず、華鬼は神無をその場に置き去りにして無残に破壊された襖に向かって歩き出した。壇上で見たときと同じ、まるで他人など眼中《がんちゅう》にない動きだ。周りから向けられる敵意を微塵《みじん》も気にすることなく悠然としている。

神無は立ち去ろうとする彼のズボンの裾をとっさに摑んだ。

なぜそうしたのかは、よくわからない。ただ、一人でここに残りたくないという、それだけの理由であったのかもしれない。

異様な空気を孕んだまま静まり返った広間で、華鬼はゆるりと振り返った。殺される、そう思いながらも、神無は瞬き一つできずに彼を見上げた。

苛立ちに歪む瞳がふいに近づいてきた。華鬼が上体を倒しているのだと気づいたときには、神無の体は彼に軽々と抱き上げられていた。

「バカな女だ」

低くささやいた華鬼は、神無を——花嫁を抱いたまま部屋を出た。水を打ったように静まり返っていた室内に、瞬く間にどよめきが起こる。

「ずいぶんとご執心じゃないか、鬼頭は！」

「なんだ、俺はてっきり……」

「意外に早く、跡目《あとめ》が誕生するかもしれませんなあ」

場を取り成すようにわざとらしいほど明るい声が響くと、

「さあ、宴だ、宴!! 酒を持ってこい!!」

通る声が威勢よく怒鳴った。どこからともなく膳《ぜん》を持った女たちが現れ襖の向こうへと消えていく中、神無は自分を横抱きにする鬼から目が離せないでいた。

「これから自分がどうなるか、まったく考えもしなかったか?」

押し殺した声が低く問いかける。神無の細い体を支える手に、ゆっくりと力が入っていく。彼の瞳は苛立ちを隠せず黄金色に染まっていた。

悲鳴が、喉の奥に絡みついた。


【三】


もえぎは状況が理解できず激しく動揺した。

花嫁が怯えるのは仕方のないことだ。人の世の理《ことわり》を無視し、道理などわきまえず、彼らは自らが選んだ花嫁を、本人の意思さえ無視してさらってくるのだ。身内に説き伏せられても納得できない花嫁が、理不尽なあつかいに腹を立て、身の不運を嘆くのはさほど珍しい話ではない。

そう、花嫁が鬼を嫌うのは希有な事例ではない。むしろ、よくあることなのだ。それを鬼たちは根気よく説得する。鬼ヶ里とは、親元を離れた花嫁たちが心労で潰れてしまわないようにバランスをとりながら、彼女たちを説得するための施設——鬼ヶ里に訪れた花嫁は、印を刻んだ鬼の愛情を受け、やがてこの世界に順応していく。

そのはずだった。

「お待ちください!!　沐浴《もくよく》がまだすんでおりません——鬼頭!!」

なにかがおかしい、そう思うのにたいした時間など必要なかった。

鬼が自分の花嫁を傷つけるはずがない。鬼が花嫁を守るのは、それは彼らの本能なのだ。とくに強い鬼は、花嫁に絶対服従といってもいいほどの姿勢を見せる。もえぎの目の前にいる男は〝鬼頭〟の名を継ぐ者。しかも、歴代の鬼頭の中でもっとも強いと言われた男だ。自分の花嫁を傷つけるなどありえない。

「鬼頭！」

——ありえない、はずだった。

神無はただ、この突然のできごとに怯えているだけだと思っていた。事実、もえぎも昔はこの不条理な結婚に不安と混乱、怒りを覚えた一人だった。いずれは相手の誠意を知り、心を開いていくだろうと、彼女は自分の過去と神無の未来を重ね合わせてそう考えていた。

華鬼は穏やかな気質ではない。

もえぎの耳にまで届く派手な醜聞を考えれば、彼がさまざまな火種をかかえる男であることは容易に想像がついた。彼はそこにいるだけで女を惑わせ、男を挑発する。だが、花嫁に対してだけは別であると思っていた。過去の鬼頭たちがそうであったように、誰よりも深い愛情をもって花嫁に接するはずと、もえぎはそう信じていた。

しかし、目の前にある光景はそんな当たり前の予想を大きく裏切っている。

血の気のうせた神無の顔はこわばり、その体は小刻みに震えていた。彼女は悲鳴をあげることさえできず、放心したように己の手を見つめていた。

異様なほどの威圧感が押し寄せる。花嫁を抱く鬼の手にさらなる力が加わり、肉へと食い込んでいくのがわかる。

「鬼頭——!!」

危険だ。このまま部屋へ行かせれば、少女には苦痛しか残されていない。瞬時にそう判断し、もえぎは華鬼の腕を掴んだ。

神無を横抱きにしたまま黙々と歩いていた華鬼が、ふっともえぎに視線を移す。

その黄金の瞳には、怒りとも苛立ちとも取れない感情が見え隠れした。

「邪魔をするな」

「いいえ。これ以上先へは行かせません」

眦《まなじり》を決し、もえぎは厳しい口調で続けた。

「花嫁を放してください。今のあなたには預けられません」

「——麗二の花嫁か。いい度胸だ」

誰もが恐れおののく威圧感に負けじと立ち向かうもえぎに、華鬼は黄金の目を細めた。麗二の庇護を笠《かさ》に着て高慢に振る舞っているだけならすぐにでも逃げ出すだろう。だが、もえぎはいっこうにひるまない。彼女自身も麗二の庇護に見合うだけの強さを以《もっ》て、毅然《きぜん》と顔を上げている。

華鬼の口元が嘲《あざけ》るように引き上がった。

「死にたいか？」

「血で汚れた手で花嫁を抱きますか？　それが望みなら、そうなさればいい。私は退きません」

一片の迷いもなくもえぎは告げる。華鬼の瞳がさらに細まり殺気が満ちると、身じろぎもせずじっとしていた神無が目をつぶり、ちいさく息を吐き出してからもえぎを見た。

「もえぎさん、大丈夫です」

儚《はかな》げな少女は笑みを浮かべていた。無理をしているのがはっきりとわかるほど青ざめながら、それでも決死の覚悟でまっすぐにもえぎを見つめて口を開く。

「私は大丈夫です。だから……」

この状況で華鬼に逆らえば軽い怪我どころではすまされず、最悪の場合、死体が一つ転がることになるだろう。守ろうと立ちはだかったもえぎこそが神無に守られているのだと気づくと、華鬼の腕を摑んでいた手は自然とはずれていた。

「ありがとう」

ほっと、神無の口から安堵の息が漏れた。

——この娘は。

もえぎは目を見張る。遠ざかるその背が階段の向こうに消えるまで、彼女は微動だにせず立ち尽くしていた。

射るような視線を感じながら、神無は詰めた息をゆっくりと吐き出す。

「死ぬ覚悟か？　それとも、それ以上の苦痛が望みか？」

嘲笑が頭上から降ってきたが、神無はなにも答えず、紙のように白い自分の手に再び視線を落とした。

痛みが一つ増えるだけだ。それが死をともなうものなのか、激痛だけを与えるものなのかは、もう大きな問題ではなかった。

神無は、心の中でささやく。

死を望むほどの苦痛は、とうに知っている。世界が優しかったことなどない。それはいつも欲望と憎悪でできていて神無を手招くのだ。それを知っていたから、彼女は自らの感情を押し殺すように生きてきた。

「つまらない女だな」

低く言って華鬼は階段を上がり、すぐそばにあったドアを乱暴に蹴り開けた。いくつも箱が積まれた薄暗い部屋で華鬼が靴を脱いだのに気づき、彼が土足で式場に上がったことを知った。彼にとって婚礼は間違いなく歓迎すべき行事ではなかったのだ。

彼はそのままその部屋を出て煌々《こうこう》と明かりで満たされた短い廊下を渡り、右手にあるドアをもう一度蹴り開けた。

神無の肩が大きく揺れる。双眸に映るのは悪夢の続き——絶望的な光景であった。

広い室内には正方形に近いベッドと液晶テレビ、わずかな調度品と間仕切り用のついたてしかない。

「初夜になにを望む？　鬼頭の花嫁」

「わ、私は鬼頭の花嫁じゃない」

あざける声に抗議すると乱暴にベッドに投げられ、慣れない着物を着ていた神無は体のあちこちに痛みを覚えて低くうめいた。逃げようとなんとか半身を起こしたが、華鬼に乱暴に押さえつけられ、彼女の意思に関係なくもう一度ベッドへ沈んだ。

「俺の刻印を持った女が、鬼頭の花嫁じゃない？　それなら——」

「や……！」

のしかかってくる男を押しのけようとした手は、あっさりひとまとめにされ頭上で固定された。婚礼用に美しく結われた髪が無残に乱れ、シーツの上で広がる。

「お前が鬼頭の花嫁でないなら、この刻印はなんだ？」

強引に帯を引き解かれ、肌を焼くような痛みに息を呑んだ。乱暴に純白の衣をはだけさせた華鬼は、その奥に隠されたおびただしいまでの傷を見て動きを止めた。

白い肌に咲く刻印とはあまりに異質な傷痕。わずかにくすんだそれらは、柔らかい肌を埋め尽くしている。

そそがれる視線に、神無はきつく目をつぶった。

「当然、か。……死ねばよかったのにな」

「殺せばいい」

非情な声に神無ははっきりとそう返した。不思議と恐怖はなく、逸らした視線を華鬼へと向ける。死んでこの苦痛から解放されるなら、もう二度と傷つけられることのない未来があるのなら、今一瞬の痛みなどいくらでも我慢できる。黄金に変わった瞳すら、恐ろしいとは思わなかった。

華鬼はふと目を細め、喉の奥で低く笑いながらゆっくりと手を下ろしていく。

乱れた着物の裾からのぞく白く細い足を、冷たい手が割り開いた。

「残念だったな」

大きく目を見開く神無を冷酷に見つめながら、華鬼が残忍な笑みを浮かべた。

「花嫁は子を産ませるための道具だ。十六年間を無駄にする必要はない」

その意図を悟って、神無は言葉もなく自分を組み敷く男を見た。

残酷な男。気まぐれに印を刻み、十六年間ただひたすら死を願い続け、生きて目の前に現れた娘を平気で〝道具〟と割り切る鬼の末裔《まつえい》。

死を願っていた。ずっとずっと願い続け、それでも生きてきたのは——こんな、未来がほしかったからではなかった。

「私は……」

言ってはだめだと警鐘が鳴っていた。心の奥底で、いつ途切れてもおかしくない命を必死で守り続けた本能が、やめろと絶叫する。

神無は華鬼の目を見つめたまま、その警鐘から耳をふさいだ。

これ以上の悪夢など存在しないのだ。たった一言告げるだけで悪夢は終わる。言葉はそのための労力にすぎない。

「私は——」

喉の奥で一瞬だけ言葉が途切れた。

こんな出来損ないの娘を〝花嫁〟に選んだのはいったいなんの間違いなのだろう。鋭利な刃物を連想させる、危険で残忍なこの男を求める女は多いはずなのに、なぜ自分などを選んだのだろう。

「私は、あなたの子どもを産めません」

ようやくの思いで言葉を絞り出し、皮肉な話だと胸中でささやく。

「産めない？」

地の底から響くような低い声で華鬼はゆっくり問いかける。確認するような口調だ。

神無の手首を掴んでいた華鬼の手に強い力が加わった。

神無は人より、発育が遅かった。

年を追うごとに丸みを帯び、女性らしい体つきになっていく同年代の娘たちとは、神無はあまりにも違いすぎた。身長こそ人並みだったが体重は中学校一年生のころからほとんど増えず、腕や足は不自然に細く、あばらは浮き、ひどく貧相な体つきだった。痩せすぎた体は、うらやむに値しないほど病的な細さだった。

そしてその成長の遅れは、外見だけに留まらなかった。

〝鬼の花嫁〟である少女は、華鬼にとって子どもを産ませるための、ただの〝道具〟だ。しかし、彼女は――。

「生理がない。だから、あなたの子は産めません」

女としての成長をやめた体には、花嫁としての価値すらない。

「……道具としての役目も果たせないか」

苛立ちが瞬時に殺意へと変わり、肌を刺すほどの怒りが神無に向けられた。

こうなることは、わかっていた。もともといらないのなら、利用できないものをそばに置くような男ではない。なぶり殺しにしないだけ、少しは優しいのだろう。

冷たい手が首に触れ、ゆっくりと力が込められていく。神無は、自分を殺そうとする男をただじっと見つめていた。黄金に輝く美しい瞳からは殺意と怒りしか読み取れない。これでようやく楽になれる、そう安堵して全身の力を抜いた彼女は、まっすぐに見つめ返してくる瞳に奇妙な光を見つけ、かすみはじめた目をこらした。

凍てついた瞳の奥に、なにか別の感情が見え隠れする。それは、悲しみのような動揺のような、不思議な感情。おおよそこの鬼には似つかわしくない、苦悩の色。

「なに……？」

神無は自由になった手を伸ばし、華鬼の腕にそっと触れた。

「なにがそんなに、苦しいの？」

ぴくりと華鬼の体が揺れる。

鬼頭と呼ばれ鬼の頂点に立つ男は、誰よりも恵まれた環境で、誰よりも祝福されて生きてきたのではないのか。求められ、受け入れられることが当たり前だと思っているから、他者の意思などかえりみることなく傲慢に振る舞えるのではないのか。そう思って見つめた先で、冷酷なはずの鬼の表情が痛みをこらえるように歪み、すぐに殺意へと塗りつぶされていく。その殺意の奥に、苦悩が見え隠れしていた。

指先に力を込めるたび、彼の表情が苦しげに歪む。

「華、鬼……？」

途切れがちに名を呼ぶと力がゆるみ、彼の表情が再び動く。神無はそのさまを放心したまま眺め、彼の腕にそえていた手をさらに伸ばして冷たい頬に這《は》わせた。

この行為の果てに楽になれるのは、もしかしたら自分一人なのかもしれない――男の顔に広がった動揺に、彼女はぼんやりとそんなことを考えていた。

不要な花嫁《もの》を始末した男には、平穏ではなくさらなる苦痛が待っているのではないか。結局この行為では、何一つ解決しないのではないか。いやむしろ、過去の彼女がそうであったように、息苦しいばかりの世界が延々と広がり、出口さえ見失ってしまうのではないか――。

もし、それを止める術があるのだとしたら。

穏やかな空気につつまれた一室が、ふと脳裏によみがえった。白いその部屋で、三人の男たちが真摯な表情で言葉をくれた。

必ず守る、だから名を呼べ、と。

神無はとっさに口を開いた。だが、唇から漏れた声は、彼女の不安を表しているかのように言葉にさえならなかった。

呼べば来てくれるのだろうか。駆けつけた彼らは、果たして本当に味方なのだろうか。優しげな表情が作り物でないと誰が断言できるだろう。それを思うと言葉が出ない。彼らを信用するには、まだあまりにお互いを知らなさすぎた。

——けれど。

神無は嚙みしめた唇をもう一度開いた。

目の前に絶望の深淵《しんえん》がある。それを見つめながら神無は、薄れかけた意識で祈っていた。

本当に望み通り手を差し伸べてくれるなら、守ってほしい、と。

殺意に塗り固められた美しい鬼を。

残忍で悲しい鬼を。

「三翼……っ」

不安と祈りを込め、神無が押し潰された喉でようやくその名を呼ぶ。すると、鋭い音とともに頭上を影が横切り、気道を圧迫していた冷たい指が離れていった。急激に肺に流れ込んできた酸素に、神無はベッドの上で背を丸めて激しく咳《せ》き込《こ》む。殴られるようにこめかみがガンガンと痛んだ。

「俺の首のほうがもげるかと思ったわ、神無ちゃん、呼ぶの遅すぎじゃ」

少し呆れたような光晴の声が聞こえてきた。涙がにじむ目を開けて辺りを見回すと、光晴が苦笑しながら大きな手で神無の背中を優しくさすった。

「あとちょっと呼ぶの遅れたら、絶対に光晴跳び出してたよね。止めるの大変だった」

素早く神無と華鬼のあいだに割って入った水羽が身構える。彼は華鬼と向かい合ったまま溜息混じりに肩を落とした。

「気配消すのも大変ですねえ」

床に倒れた間仕切りをどけながらつぶやくのは麗二だ。のんびりとした口調だが、その視線はしっかりと華鬼をとらえていた。

「いやもう、ホンマごめんな？　いざってときに呼ばれんと困るから、ちょお様子見させてもらった。気ぃもんだわ」

「貴様ら……！」

体勢を立て直した華鬼は、口元の血を乱暴にぬぐってベッドから下りた。怒気を孕む視線を男たちに向け「俺に逆らう気か」と問うて獣のようなうなり声をあげる。先刻まで浮かんでいた苦悶《くもん》は跡形もなく消えていた。

「逆らうもなにもないでしょ、華鬼。僕たちはなにも命令されてないんだよ。これは、僕たちの意思だ」

水羽が冷ややかな声で言い放つ。幾分低めの声音が、心の内を語っているかのようだった。

「せや、もう一つ言わせてもろたら――神無ちゃん、ごめんな？」

光晴は苦しげな呼吸を繰り返す神無を優しく見つめて身をかがめた。彼は抱き起こした彼女の胸元、そこに咲く真紅の花に迷うことなく唇を寄せた。

かすかな痛みに、神無が体を震わせる。

「あの……？」

「必ず守る。なにがあっても」

戸惑う神無に微笑みかけ、光晴は茫然としている華鬼を睨んだ。

「これで、五翼《ごよく》」

「なるほど。では、私も」

光晴の行動に納得して、麗二がベッドに座り込む神無を抱き上げる。

「全身全霊をかけて、あなたをお守りします」

彼はそのまま、光晴に倣《なら》って呪いのように咲く妖花へと口づけた。

「これで七翼《ななよく》」

かすかな痛みのあとに、やはり同じように麗二が言い放つ。

「ま、当然でしょ」

水羽もベッドから下り、つかつかと神無に歩みよった。なにが起こっているのか理解できない神無は、麗二の腕から解放されて、近づいてくる水羽を不思議そうに見つめる。

「これね、求愛なんだよ？」

神無にだけ聞こえる声で、水羽がささやいた。

「え――？」

水羽の言葉を神無が心の中だけで反芻していると、彼はちいさく笑って神無の細い体を抱きしめる。そして再び、かすかな痛み。

「――全部で九翼《きゆうよく》」

水羽が顔を上げて宣言すると、皮肉に歪められることの多かった華鬼の顔が怒りでこわばっていた。

「これで神無は華鬼だけの花嫁じゃない。ついた庇護翼も九翼、過去最多だ」

「屈辱は屈辱で返します。さあ〝鬼頭〟、私たちを蔑《ないがし》ろにしたこと、死ぬほど後悔していただきましょうか？」

「お前になんぞ、指一本触れさせん」

三人の言葉を聞いた瞬間、息苦しいほどの威圧感が室内に満ち、対峙する華鬼の瞳が怒りに染まった。それを平然と受けながら、三人の鬼は神無を守るように立つ。

「求愛……？」

神無は乱れた着物を慌てて直し、水羽の言葉を繰り返す。

胸に咲いた花に、ちいさく灯《ひ》がともった。


【四】


「こちらです」

ゆるんだ帯を必死で支え持ち、神無は先導する女について走った。中途半端に脱がされてしまった着物というのは、存外に扱いにくい。何度も着物の裾を踏んでは転びかけ、そのたびに助けられた。乱闘がはじまった四階から器用に神無だけを連れ出した女――もえぎは、三階の通路を渡り、人の気配があるとドアの一つを開けて神無を押し込む。そして、数秒後に何食わぬ顔でドアを開け、往来の激しい階段とは逆方向にあるエレベーターまで神無を誘導した。一階に下りて廊下を確認したもえぎは、マンションの玄関を連想させる木製のドアの前へ神無を導いた。

四階とそっくりな見た目に驚く神無に、一息ついたもえぎは笑みを浮かべた。

「一階から四階、個人宅はすべて同じ造りになっています」

玄関に通され混乱する神無に、もえぎは間取りの説明をした。神無は不慣れな手つきで足袋《たび》を脱ぎ、廊下に上がって辺りを見渡し、もえぎの顔を見つめる。

「しばらく収まらないでしょうから、先にお風呂へどうぞ。クレンジングは脱衣所にあります。濡《ぬ》れた手でも大丈夫ですから、まずお化粧を落として……お湯も張ってありますからゆっくりお入りください」

神無を浴室まで案内したもえぎは、そんな言葉を残して去っていった。まだ体中に緊張が残っている神無は、何度か深呼吸してからすりガラスのドアを開け、ほっと息をついた。やはりずいぶん広めではあるが、大浴場と比べればこぢんまりしている。神無は脱衣所に設置されている流し台に置かれたクレンジングクリームを手に取り、見慣れない容器をひっくり返してちいさな文字を真剣に読みはじめる。

頭上から何度か鈍い音が響いてきた。怒号が飛び交っていた三階を思い出し、婚礼で集められた鬼たちまで四階に向かったことに不安を覚えて天井を見上げる。絶え間なく続く轟音《ごうおん》にじっと耳を傾け、一階までは被害がおよばないと判断し、パジャマと下着が用意されていることを確認して着物を脱いだ。

浴室に入り、化粧を落とし、髪と体を洗ってからゆっくりと湯船につかる。

着替えをひとそろえ用意していたのを見る限り、もえぎはこの状況を想定していたに違いない。もしくは、三翼のうちのいずれかが提案してくれたか。どちらにせよ、助かった。

神無は膝をかかえて湯船に視線を落とした。

華鬼はひどく苛立っていた。怒りの中に別の感情をひそめたまま、今はただ見境もなく暴れているのだろう。地響きのような音が頭上から聞こえることに怯えながら双眸を閉じる。そうして身じろぎもせず体をあたためて浴槽を出た。

体を拭いて用意されていたものに着替え、洗面所の前にあった椅子に腰かけてドライヤーを手にすると、すりガラスの向こうでもえぎの声がした。

「のぼせてないか、心配になって」

すりガラスを開けた彼女の顔には安堵の色が濃い。すぐに別の危惧で様子を見に来てくれたのだと気づき、神無は恐縮して頭を下げた。

「髪の毛、乾かしましょうね」

柔らかい口調で告げ、もえぎは神無からドライヤーを受け取った。そして、神無の髪に丁寧に温風をあて、頭上から響いてくる音に苦笑して肩をすくめる。

「来賓《らいひん》も上に行ってしまったみたいなので、このぶんでは四階は全壊ですね。水羽さんのお部屋は大丈夫かしら」

「……全壊」

「本当に血の気の多い一族で……困ったわ。リフォーム業者で間に合えばいいのだけれど」

さらりとそんなことを口にして、もえぎは溜息をついた。しかし神無が見る限り、その表情は言葉ほど困窮していない。彼女は神無の艶やかな黒髪を褒めながらきれいに乾かして寝室へと誘導した。

ドアをくぐった神無は、四階で見た光景を再現するかのような正方形に近い巨大なベッドに体をこわばらせた。だが、それも一瞬のことである。ベッドはパッチワークもみごとなシーツがかけられ、脇には木製の可愛らしいサイドテーブル、その上には花の形を模したアンティークのランプと分厚い本が一冊あった。床には丸いラグが敷かれ、家具や姿見、化粧台はすべてそろいで作ってあるらしく柄が統一されている。天井から釣り下がったランプは、サイドテーブルの上のランプとそろいでやはり可愛く、花柄のカーテンは少しひかえめで全体をまとめるような雰囲気だった。

同じ造りの部屋ではあるが、受ける印象はまったく違う。神無が指示されるままベッドに腰を下ろすと、もえぎはすぐにおにぎりとお茶を運んできた。

「お食事まだでしょう？　私もお風呂に入ってきますから、そのあいだにどうぞ」

そう言い残し、彼女はドアの向こうへ消えた。夕食どころか、神無は今日一日、一度としてまともな食事をとれていなかった。体のためにも食べなければと思いおにぎりに手を伸ばしたのだが、もともと食の細い彼女の胃はどうあっても食事を受け付けず、結局お茶を一口だけ喉へ通した。緊張していたらしく、やけに喉にしみる。少し顔をしかめ、もう一口飲んでテーブルに戻した。

神無は、これからどうすればいいのか途方に暮れ、いっこうに収まらない破壊音に肩をすぼめる。ひときわ大きな破壊音に天井を見ていると寝室のドアが開いた。

「あれ？　神無さん？」

視線をドアへ移すと、派手に裂けたシャツの袖を指でつまんだ麗二が立っていた。

「……お風呂あがりですか」

にっこり微笑む姿がなんとなく不吉に見え、神無は警戒するようにじりじりとベッドの上を移動する。

「そんなに警戒なさらなくても――」

「麗二様、神無さんを怯えさせないでください。四階はどうなってますか？」

唐突に聞こえたもえぎの声に、しまったといわんばかりに身をすくめた麗二は、踏み出すために持ち上げた足をそのまままっすぐ下ろし、苦笑しながら振り返った。

「華鬼対その他大勢といった具合で、今も大暴れ中です。かなり気前よく壊してるので大幅な修繕が必要になると思います。業者に連絡しておかなきゃいけませんねぇ」

「お願いします。怪我は？」

「する前に離脱しました。年には勝てません」

「皆、血気《けっき》盛んですからね。キッチンにお夜食が用意してあります。お風呂もどうぞ」

もえぎに言われ麗二はあっさりと寝室をあとにした。彼の後ろ姿を見送ったもえぎは神無のもとへやってきて、サイドテーブルにある手つかずのおにぎりにわずかに眉根を寄せ、すぐに柔らかな笑みを浮かべる。

「麗二様、長風呂だから先に休んじゃいましょうか。川の字で寝ましょうね」

戸惑う神無に、もえぎは軽くそんな言葉をかける。胸の痣《あざ》が痛んだような気がして、神無はとっさに刻印のある場所に触れた。

「あ、あの……」

入浴の際に服を脱いだとき、胸元には以前と違う痣が三つ増えていた。大輪の薔薇のように咲き誇る刻印とは別の、幾分こぶりな、花に似た――。

「神無さん？」

もえぎに呼ばれ、神無はきゅっと唇を噛んだ。麗二に求愛されたことを切り出すことができず、ただ「すみません」と謝罪して、不思議がるもえぎに頭を下げる。

「別に、謝ることなんてありませんよ」

笑いながら彼女は神無をベッドに寝かせつけ、まるで母が子どもにそうするように、優しげな手つきで拍子をとった。


階上が静かになったのは、それから一時間ほどたってからである。麗二が寝室に訪れたのは、さらに三十分が経過してからだった。ひと心地ついたとでもいうように息をつく彼に、もえぎは本に視線を落としたまま問いかけた。

「なにがあったんですか？」

素直な疑問だった。本来なら婚礼は厳粛《げんしゅく》で、関係者以外の立ち入りは固く禁止されている。その禁《きん》を破り、もえぎは言われるまま三翼を建物の中に導き、その後は異様なほど怯える神無に不審を抱きながらも、三翼が隠れられるように四階の寝室に細工をした。過去の経験から、それは必要ないだろうと思っていた。だが、必要だったのだ。類を見ないこの混乱がそれを裏付けている。

返答がないことを不思議に思って闇に視線を向けると、近づいてきた麗二はいきなり膝をついて床に額をこすりつけるように低頭《ていとう》した。

「申し訳ありません」

「れ、麗二様!?　どうされたんですか!?」

「あなたが最後だと言ったのに、嘘をつきました」

なんのことだかわからないもえぎは唖然として土下座する麗二を見た。目を瞬《まばた》いてから閉じた本をサイドテーブルに置き、あらためて麗二に向き直る。

「……それは？」

「三翼では守りが薄いかもしれない。だから、私の庇護翼を神無さんにつけました」

「……求愛したということですか」

鬼のあいだには奇妙なシステムがいくつか存在する。その中の一つに庇護翼も含まれる。主人の命令で花嫁となる娘を無条件に守る——それが、庇護翼の任だ。もえぎもそうして守られながら、鬼ヶ里へやってきた娘の一人だった。

庇護翼に娘を守らせる方法は、すなわち自らの花嫁にするということ。

「あなただけが？」

「いえ。光晴さんと水羽さんもですが」

「……では、九翼ですか」

それだけの守りが必要なのだと三人が判断したのだろう。先刻の神無の謝罪を思い出し、もえぎは息をついた。眠りに落ちるその瞬間まで、神無はひどく苦しげだった。

「あの……怒ってます……よね？」

おずおずと問われ、もえぎは微苦笑した。まるで叱られた子どものように頼りなげな姿は、いつも自信に満ちあふれ、ときに強硬な態度さえ見せる男からは到底想像できないものだった。しおしおとしおれてゆく様子があまりにも情けなくて吹き出すと、麗二は驚いたように目を瞬いた。

「もえぎさん？」

「別に怒ってません。……麗二様、約束してください」

きょとんとする麗二から視線をはずし、もえぎは眉を寄せながら眠りにつく娘を見おろした。庇護翼に守られずに育つことがどれほど辛いか、危険と隣り合わせで生きてきたもえぎにも十分に理解できた。そして、生き地獄であったであろうというもえぎの予想を裏付けるように、神無の体には一生消えることのない傷が残っている。

神無は鬼ヶ里の外で、心が荒《すさ》むほどの痛みを受けてきたのだろう。それなのに、多くの傷を背負ってなお、あのとき――神無を抱いて寝室に向かう華鬼を止めたもえぎを、自らを盾にして助けようとしたのだ。

もえぎはそっと目を伏せる。

本来鬼は、自分の印がある花嫁を無条件で守り、愛する生き物――この状況は、同じ鬼の印を持つもえぎにとって、喜ばしいものではないはずだった。鬼の本能は人間の男と同様により多くの子孫を後世に残そうと働くのだから、印を刻んだ目的が別にあったとしても、いずれは麗二も華鬼の印を基盤に持ち優秀な種を残す可能性を秘めている神無に強く惹かれていくだろう。

だが、不思議と怒りや悲しみといった負の感情は湧いてこなかった。

「必ず神無さんを守ってください。私、神無さんとなら、うまくやっていく自信がありますよ？」

固く拳を握りしめたまま浅い呼吸を繰り返す神無は、現実とさほど変わらないような辛い夢の中にいるのかもしれない。そう思うと、ひどく胸が痛んだ。

もえぎは手を伸ばし、神無の頭をそっと撫でる。麗二はゆっくりと立ち上がり、ベッドに近づいてもえぎと同じように神無の寝顔を覗き込む。

「……あなたを選んでよかったと思います。ふられたら戻ってきてもいいですか？」

神無の顔から苦痛の色が消えるのを見て目を細めた麗二は、その視線をもえぎに向けた。常ならば聞くこともないだろう意外な言葉に、もえぎはちいさく笑った。

「あらあら、弱気ですこと」

「弱気、ですかねえ」

力なくつぶやく男に、やはり彼女は穏やかな笑みを向けた。ずりさがった布団をそっと引き上げ、慈愛に満ちた瞳で神無を見つめる。

心の傷も体の傷も、完治させるのは難しい。けれど願わずにはいられない。

「幸せになれるといいですね」

もえぎの口から自然に漏れた言葉に、麗二は優しく瞳を伏せて深くうなずいた。

第四章　守り手たち

【一】

「静かにしろ、転校生だ」

気難しい顔で教壇に立った教師が、おもむろにチョークを持って黒板に文字をつづる。昨日今日とたて続けのできごとに教室中がざわめき出した。昨日「朝霧神無」と書かれた黒板に、今は「貢国一《みつぎくにいち》」という文字が並び、教師が声をかけるとドアが開いた。

「これからいっしょに学んでいく仲間だ。仲よくするようにな」

かける言葉もかわり映えしない。しかし、ドアを開けたのは昨日とはまったく別の容姿——すらりとした長身の、整った顔立ちの男だった。男子生徒はおもしろがる者、不満げな者と反応はさまざまだが、女子生徒の多くは一様に顔を輝かせた。

「あれ、鬼だね」

ささやく声が神無の耳朶を打つ。だが、なにも反応できない。一瞬にして神無の脳裏に浮かんだのは、昨夜の光景——鎮座する和装の男たちの中で、ただ一人立ち上がった男の顔だ。それが教壇に立つ男だと気づくのに時間など必要なかった。

戦慄《せんりつ》した。

彼はまっすぐ神無を見つめていた。黄金に変わっていないのが不思議なくらい陰惨な瞳で。


三時限目の休み時間。

かすかに薬品のにおいがただよう一室に、男たちが次々と足を向けた。総勢九名——そのうち六人は、いかにも困惑気味に残りの三人を見つめている。

「景気よくやりましたねえ」

「あれだけ鬼が集まれば当然やろ。壁や柱なんかがちょっとイカれたんやけど」

「ちょっとじゃないよ。僕の部屋、天井でっぱってたんだよ」

「そらご愁傷様」

三人の視線は職員宿舎に向いていた。遠目からも四階の損壊はすさまじく、壁の一部は崩れ去り、屋根には穴が開いていた。当然、床も無事ではなく、階下まで被害がおよんでいるのもうなずける。運が悪いことに、昨日は突然呼び出されて苛立った賓客まで混じってきてしまったのだ。

「黙らせるのは拳だよね」

「おおよ、拳やな！」

どうやら見境なく暴れたのは敵だけではなかったらしい——と、集められた六人は胸中で溜息をつく。気を取り直して居住まいをただし、その中の一人が口を開いた。

「本題に入りませんか？　ここに呼ばれた理由はわかっているつもりです」

「求愛の件ですよね？」

続けて質問した男は、一人目よりもさらに渋い表情をしている。

「しかも鬼頭の花嫁」

「なに考えてるんだよ、水羽!!」

「あんた子どもでしょ!?」

「いや、その件はおいといて、まず求愛の話を——」

「おいとくな!!　三十三歳っていったら子どもだよ！　子ども!!　それが鬼頭の花嫁に求愛して、あの人に恥かかせて、無事でいられると思ってるの!?」

少年が悲鳴をあげている。長命である鬼にとって、三十代で求愛というのはまずありえない。しかも、前例にないほど相手が悪い。

「そうだよ!!　俺、胃に穴が開きそう!!　水羽のバカー!!」

鏡に映したように同じ顔の少年が、手に手を取って絶叫している。その姿を見て水羽はふくれた。

「失礼だな。僕にだって守りたい人はいる」

「そーゆうことや。郡司《ぐんじ》、透《とおる》、主《あるじ》の命《めい》じゃ。庇護翼として花嫁を守れ」

光晴に呼ばれた男たちは椅子から立ち上がった。がっしりとした大柄な男が、隣にいる長髪の男に一瞬だけ視線をやって、そのまま光晴を見た。

「花嫁は、鬼と婚姻したあとは庇護翼の手を離れ、夫となる鬼が守ることになるはずです」

「なんや郡司、気に入らんか？」

大柄な男は一瞬言葉につまった。庇護翼が花嫁を守るのは、生まれてから十六年間と決まっている。婚姻した花嫁を庇護翼が守るのは——ましてや、花嫁を守るはずの庇護翼が求愛し、さらに自分たちの庇護翼にまで守らせようとするのはあまりに異常だった。真意を図りかね、困惑する。そこまでする必要があるのかと言いたげに彼は光晴を見つめたが、やがて深呼吸してからうなずいた。

「お受けします」

「透は？」

「受けます」

光晴の問いに、郡司のかたわらにいた男は戸惑いながらも答えた。

「では」

麗二が別の二人に向き直った。今まで会話に加わるそぶりさえ見せなかった寡黙な男と、居心地悪そうにそわそわ辺りを見渡す少年。二人は視線を向けられ、すっと立ち上がった。

「一樹《かずき》さん、拓海《たくみ》さん、私の花嫁をよろしくお願いします」

にっこりと微笑みながら言っているが、有無を言わせぬ威圧感がある。断ったらただではすまないという無言の圧力がひしひしと伝わってきた。見た目はこれほど華やかなのに、なぜかいつも般若を連想させる笑顔である。この笑顔のときには逆らわないほうがいい——そう判断した二人は、項垂れるようにうなずいた。反抗する勇気はないらしい。

それを眺めて苦笑した水羽は、涙目の双子に視線を向けた。

「風太《ふうた》、雷太《らいた》もよろしく」

さわやかに片手をあげて選択肢を除外した水羽に、風太と雷太はうなずくしかなかった。本来、鬼にとって主は絶対なのだ。逆らうとするなら、よほどの事情でなければならない。たとえ相手が鬼頭の花嫁で、一見横恋慕のような求愛であったとしても、それが断る理由にはならないのだ。もともと庇護翼は、花嫁を守るために鬼たちが確立させたシステムでもあるのだから。

「や、やるよう！　やればいいいんだろっ」

「俺、こんなご主人様いやーっ」

「褒めるなよ」

「ほめてないー!!」

みごとにハモりながら双子が叫んだ。

昨夜の乱闘で三翼の求愛話はまず間違いなく鬼たちに知れ渡った。庇護翼に守られることなく育った〝鬼頭の花嫁〟が無事であったことの意外さ、そしてその後の乱闘騒ぎで確実に凶禍《きょうか》の種は芽吹いているはずだ。

「求愛、か」

保健室をあとにする男たちを見送りながら水羽がちいさくつぶやく。

「もえぎが部屋に入れてくれてよかったよね」

「……そ、そうですね……」

「求愛したこと言った？」

苦笑いを向けられ、水羽はまじまじと麗二を見た。

「後悔、してる？」

「いいえ。お守りすべき方ですから」

麗二に意外なほどまっすぐ返され、水羽は安堵してうなずく。

「僕もそう思う」

「問題は九翼で足りるかっちゅう点や。今でさえ歴代鬼頭の花嫁の中で随一や。今なら九翼で守れる。今のままなら」

窓に向かって歩きながら低く光晴がうなると、含むような言葉に誘われて残された二人も窓辺に足を向けた。風がカーテンを大きくはためかせる。鬼が住むには穏やかすぎる場所——そこに、かつてないほどの波乱の予兆があった。

「十六で初潮《しょちょう》がないとは思いませんでしたからねえ。でも、心と体は表裏一体。彼女が今まで無事だったのは、自己防衛本能の賜物だったのかもしれません」

「蕾《つぼみ》でよかったと思う？」

水羽の問いに、麗二は悲しげに微笑む。

「苦痛と引き換えに生きてきたんです。体の成長を止め、殻に閉じこもらなければならないほどの苦しみと。よかったとひとくくりにすることはできません」

体に残る傷痕は、白い肌を埋め尽くすほどだった。心に残る傷は、おそらく肌に残るそれよりももっと深いに違いない。光晴が神無を花嫁として迎えに行ったとき、古びたアパートの一室にいた彼女は虚無《きよむ》に囚《とら》われた人形のようだった。

それが変わっていく。少しずつ、確実に。

まるで日の光を受けとめる花のように。

「花が、咲くんや。大輪の〝華《はな》〟。俺ら三人と、その庇護翼をあわせれば九人。過去に九翼ついた花嫁はおらん。その九翼で守りきれるかどうか――」

「さすがに〝はなおに〟の異名を持つだけはありますね」

「華鬼もこういうトコだけは名前負けしてほしかったよね――守れる？」

少年の問いかけに、男たちが笑った。

「誰にモノ言うとるんじゃ。全力でいかせてもらうで」

「たとえ相手が誰であろうと引く気はありませんよ」

少し緊張気味だった水羽の顔に笑顔が戻る。光晴が軽く右手を上げ、麗二が左手を上げる。その中央にいた水羽は両手をあげた。

小気味よい音が室内に響く。

「上等！」

三つの視線は、ただ優しく校庭へ向かって歩く一人の少女にそそがれていた。


【二】


「ん……」

濃密な空気の内側で、吐息がゆっくりと溶けていく。外からは球技に没頭する学生たちの歓声が聞こえてきた。

「ダメよ、カーテン……」

甘えるような鼻声を無視して、腕の中の柔らかい体をきつく抱きしめる。夏休みのあいだに海へ行ったのかもしれない。かすかにはねた体にはビキニのあとがみごとなコントラストを描いていた。

「木籐君……、もう……」

女は胸に顔をうずめる男を両腕で包む。早急に求めてくる同じ年頃の男とは違い、彼にはずいぶん余裕があった。計算ずくと言われれば納得してしまうほどゆったりとした指の動きは、確実に欲望に火をつけていく。

手がするりと太股《ふともも》の内側を滑り、前触れなく止まった。

「……木籐君……？」

そこからまったく動こうとしない彼にじれ、彼女がうっすらと目を開ける。

「あら、理性は残っていて？」

玲瓏とした声が濃密な空気を払拭《ふっしょく》した。灰色のキャビネットの上で男に組み敷かれていた女は、ほとんど反射的に声の主へと視線を移動させる。ドアに背を預けて立っていた少女は、この場でなにがおこなわれているのかを知っているにもかかわらず、嫌悪で顔を歪めることも、恥じて逃げ出すこともなく、平然としていた。

学園一の美少女と名高い生徒会副会長、須澤梓である。

「ここは関係者以外立ち入り禁止です。貼り紙が見えなかった？」

思わず見とれてしまうほど魅惑的な微笑で梓が二人に声をかける。華鬼が離れてからようやく正気に戻った女は、顔を真っ赤にしてセーラー服をかぶり、リボンを摑んで背中を丸め、足早に梓の隣をすり抜けた。廊下に響く足音に耳を傾けた梓は、それが聞こえなくなってからようやく後ろ手にドアを閉めた。

「生徒会室はあなたのプライベートルームじゃないのよ。風紀も乱れるし、やめてくれない？」

「嫌なら俺専用の部屋でも作れ」

「ベッドとシャワールームつき？」

梓の辛辣な口調に、華鬼が喉の奥で低く笑った。

「総ガラス張りにするか」

「悪趣味の極み」

手にしていた書類を机の上に置き、呆れた梓が華鬼を睨んだ。どんな表情をしても、これほど魅力的な少女は珍しいだろう。鈴を転がすような声も、その容姿も仕草も、気位の高さも申し分のない女だった。

「お前を一番に誘ってやろうか？」

生徒会長はそう言って腰かけていたキャビネットから下りた。女を組み敷いていたにもかかわらず、その服装に一切の乱れはない。いつも女だけを乱れさせ、冷ややかにそれを眺める——彼にとって、女とはその程度の道具でしかないのだ。

「薔薇の花で飾ってやろう」

心臓を鷲摑みにする蠱惑《こわく》的な眼差しで華鬼は梓に近づく。指先で彼女の髪をはらい、彼は白いうなじへと唇を寄せる。

「あなたと私、なんて思われてるか知ってる？　なにも知らない人は、恋人だと思ってる。あなたが鬼の花嫁を抱かないことを知らない人間は」

うなじに触れる寸前、唇が止まった。

「抱く気がないならその気にさせないで。迷惑よ」

切り捨てるような口調で梓はそう言った。彼女の胸にも刻印がある。多くの女たちが否定し、やがて受け入れていく忌まわしい呪い――梓にそれを刻んだのは華鬼ではない。華鬼が選んだのは別の女なのだ。

「どうして印を刻んだの？　あなた、鬼の花嫁は抱かないじゃない。こんなの――」

「黙れ」

華鬼の怒気は一瞬で梓の動きを奪った。興が醒《さ》めた華鬼は体をこわばらせた梓から離れ、ゆっくりとドアに向かった。

「……昨日の騒ぎ、もう鬼たちのあいだでは有名よ。相手のことはどうでもいいわけ？　花嫁を迎え入れたのに別の女に手を出すなんて――それ、最低じゃないの？」

安堵しながらも梓はきつい口調で言葉を投げる。華鬼が足を止めて振り返ると、梓は黄金色に染まる双眸を見て、わずかだが警戒するように身を引いた。苛立ちが増す。無理に唇を引き上げ、華鬼は歪んだ笑みを浮かべた。人を傷つけるためだけに用意された作り物の顔を見て梓は息を呑んだが、怯えを振り払い気丈にも口を開いた。

「木籐君、いつか刺されるわよ。死にたいの？」

くだらない、と華鬼は胸の奥で嘲笑《あざわら》う。それくらいで〝鬼頭〟が死ぬのなら、とっくの昔に事切《ことき》れていただろう。華鬼はドアを開けた。

「お前のせいで、宿がふいになった」

「宿……？　え？　まさか、女子寮に――」

華鬼は梓の声を無視して廊下へ出た。職員宿舎別棟の四階は大破だ。とても体を休められるような状態ではない。寝るだけなら時期的に不可能ではないが、あんな場所で襲われでもしたら応戦するのが面倒だ。男子寮や職員宿舎に押しかけるという手段もあるが、体裁が悪いうえに敵が多すぎて休むどころではなく、これも気が乗らなかった。結局、残ったのは女子寮だけだった。適当な女を探し、適当な部屋に転がり込もうと考えて物色していた最中に邪魔が入ったのである。

それでなくとも昨日の一件で神経が尖っている華鬼は、憤怒《ふんど》の念を腹にかかえながら廊下を渡る。その途中、なにかに呼ばれた気がして足を止めた。生徒会室は職員室と同じ中央棟にあり、三階の一画があてがわれている。華鬼が注視したのはそこから見える景色だ。冬になると豪雪も珍しくない鬼ヶ里高校は、九月から十月にかけて持久走をすることが多く、今も通例通り女子生徒が群れて走っている。

白い体操着で軽快に駆けていく生徒たちの中、ジャージに身を包んで不自然なくらいのろのろと走る者がいた。ふざけているのかと疑うほどの速度だが、どうやら真剣であるらしい——そう思った直後、背後から近づいてきた二人の少女が彼女の肩を乱暴に押し、彼女はあっけなく転倒した。

少女たちは助け起こすこともせずに、くすくすと笑いながら離れていった。

「……あれは……」

両手をついて顔を上げたのは、朝霧神無。華鬼が印を刻み、不要だと判断した花嫁だった。

茫然と座り込んでいた彼女はすぐに背後から近づいてきた別の少女に助け起こされ、丁寧に土まで払い落としてもらってうつむいたまま歩き出した。

不快なものが押し寄せてきた。胸の奥にどす黒く重いものが溜まり肥大していく。死ねばよかったのだ。胸中で呪詛を吐くと苛立ちが急激に増した。

華鬼は視線を剝ぎ、すべての感情を押し潰すように双眸を閉じて深く息を吸う。

そして、歩き出した。


【三】


校章と同じ鷹が刺繡された紺色の手さげを抱きしめて、神無はトイレから出た。

「あ!!　もう、どこ行ってたのよー!!　捜したんだから!」

廊下の真ん中でキョロキョロしていた少女が神無を見つけ、手さげを振り回しながら駆け寄ってくる。彼女は持久走のとき、転んだ神無を助け起こしてくれたクラスメイトだった。その後は神無を気遣って、授業を見学させてほしいと先生に掛け合ってくれた。自分もサボれるから助かると笑いながら。

そんな彼女が、神無の出てきた場所を見て怪訝そうに首を傾げた。

「トイレで着替えてたの?」

その問いには答えず、神無は手さげを抱きしめる腕に力を入れた。更衣室で着替えれば、肌の醜さゆえにいやでも注目されるだろう。関心を持たれないように人の目を避けてきた習慣は、そう簡単に変えられるものではない。

「ま、いっけどさ。あんまり別行動してると目ぇつけられるよ。ほら、あそことか」

少女は顎で前方をさした。立っていたのは、体育の時間に神無を突き飛ばした二人——江島四季子と関根ユナだった。ジャージを着ていた神無はすり傷だけですんでいたが、なぜ、という疑問が胸中で渦を巻いていた。

二人は昨日、親しげに声をかけてきた相手だ。今までの経験上、友人になることは難しいとわかっていた。だから距離をおき、せめて普通に接することができるように努めようと——そう思っていた矢先、二人の態度は急変した。

「気をつけたほうがいいよ。あそこら辺はさ、自分が鬼の花嫁だってことに誇り持っちゃってるやつらだから」

かたわらの少女は神無に耳打ちした。なぜそれで反感を買うのかわからない神無は、重荷でしかない立場を誇りに感じる人間がもえぎ以外にいることにも驚いた。

「自己紹介、まだだったよね。あたしも鬼の花嫁なんだ。ってゆーかさ、あたしらのクラス、女子は半分以上鬼の花嫁なんだよね」

けっして美人とはいえない少女が苦笑混じりでそう語る。

鬼の花嫁は美少女が多い。それは鬼が好んで美しい女を選び、その女の腹に宿る女児に印を刻むからだ。しかし、例外はいる。美しい女から生まれた子どもが、母親と同じように美しいとは限らないのだ。

「あたしの母親メチャクチャ美人で、お姉ちゃんも妹も、そりゃ美人姉妹で通ってて。あたしだけが失敗作ってわけ」

つとめて明るく話す少女の顔を、神無は無言で見つめていた。町に出ればありふれた容姿だ。だが、鬼の花嫁という立場で考えたのなら、それはきっと神無同様に醜い部類に入るのだろう。

「あたし、土佐塚桃子《とさづかももこ》っていうんだ。よろしくね？」

「あ……私……」

「知ってるよ！　鬼頭の花嫁でしょ」

あらためて自己紹介する前に、少女——桃子は笑顔を弾けさせる。

「昨日すごかったよね。木籐先輩が壇上で結婚の話して、夜にはあの騒ぎじゃん。他の鬼とか花嫁とか、かなりピリピリしてるよ。あれもそう」

桃子が顎でさした先には四季子とユナがいた。不快なものを見るような目をまっすぐ神無に向け、四季子がユナにささやきかける。嘲笑をまとう顔は、美しかったがひどく醜くもあった。

「気をつけたほうがいいよ。ああいう女はさ、自分が無理やり連れてこられたのも忘れて、ちやほやされてるうちに女王様気分になっちゃってるんだよ。木籐先輩、鬼にはすごく嫌われてるけど花嫁には人気があって、あの人に選ばれたら名実ともに女王様になれると思い込んでるんじゃないのかな。だから、朝霧さんは邪魔なの」

飾ることなく桃子は告げる。心臓を冷たい手で摑まれた気分だった。どこに行ってもさほど状況は変わらず、憎悪まみれの嫌がらせも感覚が狂うほど味わってきた。だが、ここには同じ境遇の娘たちがたくさんいた。ならば少しはこの生活にも変化が現れるのではないか——そんなことをちらと考えた。しかし、その考えは甘かったのだ。

神無は、親しげに話しかけてくれた昨日とはまるで違う顔で嗤笑《ししょう》する彼女たちを見て痛感する。

「なにが偉いんだか知らないけど、あそこらへんは妙なプライドがあって実際うっとーしいんだよね。どうせさあ、取り巻きを一人増やすつもりで声かけたのに、自分より格上って気づいてムカついてるんだよ」

桃子が口にする言葉の節々から毒がにじみ出てくる。被害者の一人なのだろう彼女は意地の悪い笑みを浮かべて続けた。

「どんなにきれいに化けてもだめ。怖いよねえ。みんな、鬼に心を喰われたんだよ」

少女もまた、鬼の顔で微笑んでいる。ぞっと心の奥が冷えていく気がして後退《あとじさ》ると、桃子はふと笑みを消した。

「ちょっと！　怪我してるよ!!」

言葉と同時に、桃子の手が神無のスカートに伸びた。他の生徒よりも確実に十センチは長いそれを遠慮なく持ち上げ、膝の皮がめくれているのを確かめて、桃子はさっと顔色を変えた。血は出ていないが、持久走のときに派手に転んで擦《す》り剝《む》いてしまった場所だ。

「へ、平気……！」

これぐらいの怪我は別段珍しいことではない。むしろ、スカートをめくられていることのほうが恥ずかしく、神無は違和感も忘れ慌てて桃子から離れた。

「なに言ってるの、保健室行ってきなよ！　体操服預かっとくから！」

「でも……！」

「先生にも言っとく！　大丈夫、聞いてるでしょ？」

桃子はそこでいったん言葉を切って、にっこり笑った。

「先生は全員鬼なの。鬼頭の花嫁がちょっとくらい遅れたって平気だよ」

神無は鬼の中で一番地位の高い男の花嫁なのだ。教師たちがたとえどんなに華鬼に対して不満を抱いていても、表面上その立場は絶対ということなのだろう。

「血って、鬼を狂わせることもあるんだよ。とくに朝霧さんはさ、格が違うから。遠慮しないで行っといでよ」

桃子の言葉に、神無は一瞬だけ身をすくませる。鬼は人より凶暴だと思う。鮮血を見て興奮する者もいれば、食欲を刺激される者もいるらしい。彼らにとって花嫁は、女であり肉の塊《かたまり》なのだ。

神無は胸に抱いていた手さげをおずおずと桃子に差し出した。

「よしよし、保健室はね――」

「場所は……」

「あ、知ってるか。高槻先生に求愛されたんだもんねえ。羨ましい」

桃子の言葉に神無は狼狽えた。彼女は神無から手さげを奪うように受け取って、顔を近づけ耳打ちする。

「三翼に求愛されたんでしょ？ってことは、事実上、鬼の中で上から四人は朝霧さんのお婿《むこ》さん候補ってことだよね。そりゃ、江島もおもしろくないって」

四季子たちはクラスメイトをしたがえて教室へ帰っていく。

去っていく少女たちの集団を見つめ、なぜすでに求愛のことが知られているのかと動転したのはほんの一瞬だった。神無は昨夜のことを思い出してふわりと頬を染めうつむいた。あれは、好きという意味での行為の延長線ではない。それはわかっている。しかし、それでも意識せずにはいられない。

神無はそっと胸元に手をやった。

胸元には生まれながらに呪いの花が咲いていた。昨日、三翼がその花に口づけると、一回りちいさな花が三つ増えた。それが求愛の印だった。

きゅっと唇を噛む。

求愛するということは——もともとあった鬼の印に別の鬼が印を重ねるということは——それは、あまりに大胆な宣戦布告だ。刻印は、本来ならそうそう人目に触れることのない場所にある。そんな場所に口づけるなら、必然的に親密な間柄といえた。

求愛の印とは、〝鬼の花嫁〟と恋仲になった鬼が密《ひそ》やかに贈るもの。つむぎあげた想いを形にしたものなのだ。それをあの三人は、こともあろうに華鬼の目の前で刻んでみせた。

真っ向勝負を持ちかけたのである。

「で、でも、お婿さんじゃ……なくて」

印はあるが恋愛とは別問題だ。そう伝えたくて口を開いたが、

「聞いてないの？　もともと強引に連れてこられた花嫁に選択肢なんてないけど、求愛されたら別なんだよ。求愛されたら、花嫁に選択肢ができるんだって話。朝霧さんは、鬼頭と三翼のうち誰か好きな相手を選べるんだよ。まあ、たくさんの花嫁を迎える鬼もいるって話だからさ、逆に朝霧さんが四人を独り占めにすることもできるみたいだけど」

饒舌《じょうぜつ》な桃子に突拍子もないことを言われ、抗議する気力も失《う》せてしまった。

「鬼って美形が多いからいいよねー。誰を選んでもハズレなしって感じ？　あたしだったら四人全部もらっちゃうけど。羨望の的《まと》だよ、気分よさそう。朝霧さん、本当に羨ましいな」

桃子は軽く神無の肩を叩く。

「三人が一度に求愛するのって、はじめてらしいよ？　さっさと行って、高槻先生に手厚ーい治療してもらってきなよ!!」

桃子が笑いながら神無の背を押した。明らかに、からかって遊んでいる。学園はじまって以来の大事件に、鬼の関係者の中にはことの成り行きを傍観しようとかまえる者が多く出はじめていた。

今まで、鬼頭の花嫁に求愛した鬼はいない。

鬼は情が深い。それは強い鬼であればあるほど如実にあらわれ、そんな彼らに愛された花嫁は総じて幸せな一生を送っていた。その過去の経緯から、鬼たちはどんなに恋い焦がれても、けっして自分より格上の者の花嫁に求愛することはなかった。

そう、今までに一度もなかったのだ。

「早く早く！」

そのことを知っているらしい桃子は声を弾ませている。これでは逆に行きにくい。神無が困り果てて桃子を見ると、彼女はわざとらしく腕時計に視線を落とした。

「急がないと次の授業、完全に遅刻!!」

桃子の声にはっとして、渋っていた神無は慌てて廊下を走り出した。

「単純ねえ」

くすくす笑う桃子が、ちいさく手をふった。

【四】

保健室の前は黒山の人だかりだった。部屋に入りきれなかった生徒たちが廊下にまであふれ、室内を覗き込もうとひしめき合っている。

「もうすぐ予鈴が鳴りますよ」

中性的な声が響くと、生徒たちは夢から覚めたような顔で目を瞬く。それからすぐに、保健室の〝麗人〟の妖艶たる笑顔に頬を染めながら散っていった。やや女子生徒が多いようだが男子にも有効な微笑らしい。いつも不快な視線にさらされ緊張を強いられる神無だが、このときばかりは例外であった。麗二の笑顔に魂を抜かれた生徒たちは、歩くのがやっとというありさまで、神無は視界にすら入っていない。突進してきた男子生徒をぎりぎりのところで避けると、次は女子生徒が迫ってきた。神無は慌てて壁にはりつき、おぼつかない足取りで保健室から出てくる集団を見る。

最後の一人が目の前を通りすぎ、ほっと胸を撫で下ろす。

「怪我を？」

間近でささやかれ、神無は弾かれたように顔を上げた。生徒を見送った麗二が、神無に包み込むような穏やかな眼差しを向けていた。

「少し混んでいて、不快な思いをさせましたね」

美麗の校医が愁いを含む溜息をつき、神無は首を横にふる。人ごみには驚いたが、おかげで妙に注目されることもなく、不快どころか助かったとさえ感じていた。それに、桃子に言われて素直にここまで来てしまったが、治療が必要なほどの怪我ではないのだ。気遣われると申し訳ない気分になってくる。

「あ、あの、やっぱり」

帰ります、と心の中で続けて、神無は真っ赤になった顔を隠すために深々と頭を下げてきびすを返した。こんなかすり傷でわざわざ保健室に来るなんてどうかしている。情欲でも憎悪でもない感情を向けてくれる数少ない者――その彼に、呆れられるのが怖かった。

「あなたは我慢しすぎだ」

立ち去ろうとした神無の細い肩に手を伸ばし、麗二が微苦笑する。

「もっと甘えていいんですよ？」

引き寄せながらささやいて、神無の髪に口づける。なにが起こったのかよくわからず、神無は完全に固まった。向けられる眼差しが染み入るように優しげで、それが彼女の混乱にいっそう拍車をかけていた。

「ここで口説きたいところですが」

なにかを言おうと口を開いた神無は考え込むように動きを止め、麗二が告げた言葉の意味を理解して身じろいだ。彼は彼女を後ろから抱きしめるように固定してにっこり微笑んでいる。

「立場上、今それをするのは非常にまずいので、校医らしく怪我の治療をしましょうか」

そう語る声に、神無は解放されたい一心でうなずいていた。華奢《きゃしゃ》に見える麗二の体は意外に厚みがあって大きく、神無をすっぽりと抱きくるんでいる。不思議と恐怖は感じなかったが、ここが校舎の中で、しかも教師ではないとはいえ、〝先生〟と呼ばれる立場の者が〝生徒〟と呼ばれる立場の者にぴったりと体を密着させているこの状況はあまりに不謹慎だ。

「あ、あのっ」

「ああ、すみません。つい」

神無が狼狽えて身じろぐと、その姿がおもしろかったのか麗二が密やかに笑っていた。それでも抱きしめる腕をはずそうとはせず、逆にくるりと神無の体を反転させてそのまま肩を抱き寄せ保健室へと導いた。その動きにはまったく無駄がない。

「膝の怪我、たいしたこと、ないです」

もごもごと打傷《うちきず》の状態を説明すると、「そのようですね」と麗二は軽く聞き流した。血のにおいがしないから、そう判断したのかもしれない。しかし、神無をそのまま帰す気はないようで、後ろ手にドアを閉めて彼女を丸椅子に座らせた。

「せっかくなので、お茶にしましょうか」

「え――？」

「治療をしてから。ああ、気にしなくてもいいですよ。この部屋、生徒の憩いの場になっていまして、時間に関係なく――」

言葉を切って、彼は保健室のドアを見た。

「よく生徒がサボりに来ますから」

ドアがスライドする。ぽうっと頬を染めた女子生徒が一人、ドアに手をかけたまま立っていた。

「先生、熱があるみたいなんですけど……!!」

潤んだ瞳がまっすぐに麗二を見つめている。やはり神無の存在は眼中にないらしい。麗二は女子生徒を見て呆れ顔で苦笑した。

「しばらくしたら落ち着きますよ。そのときにも熱があるようなら、もう一度いらっしゃい」

やんわりと断る校医に、女子生徒は頬を染めたままうなずいた。熱は熱でも、どうやら対処に困る熱らしい。麗二に熱い視線を送りながら、女子生徒は操り人形のようにぎこちなく保健室のドアを閉めた。

「流血沙汰の怪我人はいないのですが、どうにも落ち着かなくて」

困ったものだとつぶやいて校医は溜息をつく。その仕草があまりにもさまになっていて、神無は驚きをもって見つめていた。

昨日、悪夢を再現するかのような大広間で見た鬼たちの中には、人と同じように年老いた者がいた。神無を式場まで案内した鬼も、そう若いとは言いがたい貫禄《かんろく》のある男だった。しかし、さらに高齢であるはずの麗二はどう見ても二十代なのだ。

光晴は麗二のことを「若作り」だと表現した。どんな神業を使ったものか、光晴の言葉が信じられないくらい麗二の「若作り」は自然なのである。麗二に夢中な生徒たちも、彼の年齢を知らないに違いない。知ったらさぞ混乱することだろう。

「楽しそうですね」

麗二の一言に、自分が笑っていたことに気づかない神無はきょとんとした。

「どうせ、あまりいいことは考えていなかったでしょう。そんな顔でしたよ？」

言われて、神無は頬に手をあてる。

「こんな場所に一人きりですからね、そりゃあ多少は誘惑もありますけど、そんなに気が多いほうではないんです。仕事と割り切っていろいろしていますが、最近ではよけいな作業が頓《とみ》に増えて」

肩をすくめながらそう言って、校医はピンセットでガラス瓶に入った綿球をつまみ、消毒液を含ませる。麗二は神無の前にしゃがみ、たじろぐ彼女をなだめつつスカートを少しずらし、皮のめくれた膝に綿球をあてる。ひやりとした感触に、神無が一瞬息を呑んだ。

麗二は膝を消毒すると綿球を汚物缶の中に落とし、ピンセットも別の缶に入れた。

「それが気に入らないとかで諸先生がたからは嫌な目で見られて、生徒からはなにか違う目で見られて、本当に対処に困るというか」

眉間にわずかなシワを寄せ、一連の作業を終えた麗二がちいさくぼやいている。

神無は目を瞬いた。なにか話がおかしなほうに向かっているが、この校医は――どうやら、すねているらしい。神無が笑った理由を勘違いし、なおも不貞腐《ふてくさ》れている。

そのあまりにも的外れな独り言に神無の頬が自然とゆるんだ。

「そんなにおかしなことを言いましたか？」

麗二は不思議そうに小首を傾げた。

「――すこし」

短い神無の返答に麗二も表情をゆるめる。彼はそっと神無の頬に手をそえた。

「怪我は消毒だけにしておきます。なにかあったらいつでもおいでなさい。あなたの笑顔は、心がなごむ」

「笑顔……？」

問いかける少女に、彼は優しく目を細める。

「それに気づけば、もう少し楽になれます。願わくば、それを気づかせるのが私であればよいと。……今はまず、警戒されないことを感謝すべきですが」

「……警戒」

ぽつりと反芻し、神無は保健室をちらりと見た。神無と麗二以外誰もいない広く白い一室——以前なら、男と二人きりで同じ部屋にいることなどなかった。人の理性が崩れていく瞬間を見続けた彼女は、つねに一人でいるか、つねにその他大勢の中に埋もれる生活を送ってきた。

それが、今は違う。

昨日会ったばかりの男と、ひどく穏やかな空間をともにしている。彼は昨日、窮地にありながら信用していいのか悩み、どうしても素直に名を呼ぶことができなかった相手だった。そういえば、と神無はさらに思考をめぐらせた。昨日はゆっくり眠ることができた。母以外といっしょだと警戒して眠ることができないのに、不思議なくらい安らかな眠りを得ることができたのだ。

「そうやって変わっていけばいいんです。ゆっくりと、あなたの望むように」

麗二の言葉に神無は少し考えるように唇を噛んだ。自分ではどう変わったのかなどわからないし、実際に変わったかどうかも疑わしい。長年擦り込まれたものが一日二日でどうにかなるとも思えなかった。

ただ彼を危険ではないと認知しただけかもしれない。

「焦る必要はありません。人にはそれぞれペースがあって、それを見つけるのはとても難しい。だから、ゆっくりでいいんです」

戸惑う神無の気持ちを酌《く》んで、麗二はそう告げる。その声のあたたかさが優しく心の中に沁《し》み込んでくる。

神無は麗二を見つめ、ちいさくうなずいた。

「この場合、自分の立場が恨めしいです」

校医の白い手が、名残惜しそうに少女の頬から離れていく。笑顔が微妙に崩れた。

「校医を辞めて、もう一度学生に戻りたいですねえ」

くるりときびすを返し、彼は盛大に溜息をついた。

「そうしたら、ぎゅって抱きしめてもいい気がしませんか？　辞表の書き方、勉強しておきます」

いきなり話がすっ飛んで、神無は茫然と白い後ろ姿を見つめた。

「今、私が一番あなたから遠い場所にいる。これは絶対不利だと思うんです。だから、辞表の書き方を勉強しておきます」

「え？」

どこをどう飛ばしたらそんな話になるのかさっぱりわからず、神無は間の抜けた声を出した。

「本気で口説きますけど、いいですか？」

くるりと振り返った校医は全開の笑顔を向けてくる。しかも、かなり返答に困る問いかけを用意して。

神無が口を開いたと同時に、チャイムが鳴り響いた。

「じゅ、授業、行ってきます!!」

お茶に誘われたことなどすっかり忘れ、慌てて丸椅子から立ち上がり、神無は小走りにドアへ向かった。麗二は腕を伸ばし、神無の細い体を軽く制止する。

「いってらっしゃい」

低くささやくように声をかけ、そのまま首筋へ口づける。

そして、耳元まで赤くなった神無を満足そうに見つめて、セクハラ校医はようやく

少女を解放した。

息があがるのは運動不足のせいだ。もともと体力がない神無の体はすぐに限界を訴える——だから、高まる鼓動や熱くなる頬は、運動不足が起因しているに違いない。真っ赤になった頬を両手で包みながら、神無は懸命に歩く。保健室は別棟にあるため、教室に戻るには渡り廊下を通り、さらに三階まで上がらなければならないのだ。各教室はゆとりを通り越して殺風景と思えるほど広いため、自然と歩く距離も長くなってしまう。いつもなら億劫に感じる距離だが、赤面したまま教室に入れば変に注目される可能性もあり、今はその距離が有り難かった。

彼女は体温を下げようと、手をうちわ代わりにパタパタとふりながら歩き続ける。中央棟から南棟のあいだに造られた渡り廊下の途中で、神無はふと足を止めた。すでに授業がはじまっているため廊下に学生の姿はなく、それにともなって危険も減少するはずだった。にもかかわらず、首筋がちりちりする。悪寒に近い違和感に、神無は南棟へと続く入り口をじっと見つめた。

なにか、嫌な感じがする。

逡巡《しゅんじゅん》した神無がきびすを返した、その直後。

「思ったより勘はいいみたいだな」

肩に鋭い痛みが走った。

神無が慌てて首をひねると、すぐ近くに男の顔があった。俊足《しゅんそく》というには度がすぎている。彼女は男の顔を見てさらに驚いた。貢国一《みつぎくにいち》――婚礼の際に杯を奪いに来た鬼であるとともに転校生でもある男が、神無の肩を掴んでいたのである。

「どうした？　昨日みたいに逃げないのか？」

刻まれたのは鮮やかな嘲笑。とっさに男の手を振り払うと、彼はひどく落胆した表情を浮かべ、後退する神無を見つめた。

「昨日は婚礼衣装で多少はごまかせていたが……本当に、冴《さ》えない花嫁だな。鬼頭の名が泣く。あれはどこまで鬼頭の名に泥を塗れば気がすむんだ」

非難の声をあげる男を凝視しながら神無は距離をとった。じわじわと嫌な空気が満ちてくる。震えはじめた体をなだめるようにそっと撫で、たいしたことじゃないと、神無は自分に言い聞かせた。これは、日常と化したささいなトラブルだ。対峙する相手の感情がいつもと少し違うが、向けられるのは負の感情でしかないのだ。

それに、この男よりもずっと危険な者を知っている。非情で残酷で、美しくて悲しい鬼――その激情を向けられる恐怖に比べれば、目の前にいる男の存在など取るに足らないものだった。

「せっかく用意したのに、これじゃ使う気も起きないな」

男がこれ見よがしにポケットをさぐって鍵をちらつかせる。丸いくぼみだけがあるディンプルキーだ。その鍵に取り付けられた不格好な木彫りの人形が、不快な音をつむいでいた。

神無は男を凝視しながらなおも後退る。南棟に行く道は男がふさいでいた。逃げるなら中央棟――麗二のいる保健室が一番近い。行けるだろうかと自問すると、心の奥底に沈めていた緊張が瞬時に浮上して、じわりと手に汗がにじんだ。

あそこまで行けば、おそらくそれ以上は手出ししてこないだろう。だからなんとか逃げ切ればいい。それは、とても難しいことだけれど。

「国一、いい加減にしろ」

さらに一歩後退した神無は、呆れた声を聞くと同時、弾力のあるものにぶつかってよろめいた。とっさに振り向いた神無は、怜悧《れいり》な視線に囚われて、呼吸すら忘れて新たに姿を現した男を肩越しに見上げた。鬼ヶ里高校の生徒は整った容姿の者が多い。その理由を神無はすでに知っていて、そして目の前の男もまた、作り物めいた端正な顔を歪めて立っていた。

ぞっと背筋が冷える。華鬼と対峙したときと同じ種類の恐怖が込み上げてきた。

「響《ひびき》……なんだ、わざわざ来たのか？」

「……はじめまして、鬼頭の花嫁」

己の存在を誇示するようにささやいて、響と呼ばれた男は国一を無視して神無に親しげな笑みを向けた。誰もが目を奪われてしかるべき魅力的な笑顔――だが、その奥には危険な色がひそんでいる。本能でそれを悟った神無が響から離れると、彼はどこか楽しそうに目を細めた。響と国一、どちらも神無にとっては危険な相手だ。必然的に、神無は二人のあいだに立つことになった。

「なるほど、確かに勘はいいみたいだな」

響の口調は笑みと同様に親しげだが、眼底《がんてい》には侮蔑が見え隠れしていた。神無はとっさに辺りに視線を走らせる。前方には式場にいた男――国一が、後方にはさらに危険な男がいる。中庭を渡るしか逃げる方法がないのはわかっているが、足の遅い神無が二人を振り切ることは不可能に近い。三年の教室に助けを求められたとしても、男たちにうまく立ち回られたら完全に逃げ道がなくなってしまう。

じりじりと間合いをつめられ、神無の視線が惑う。

「そういうことをするから、麗二が困る」

唐突に第三の声が聞こえ、鍵をちらつかせる国一の手が何者かによって背後から掴まれた。国一の後ろに立っていたのは、切れ長の一重と薄い唇がシャープな印象を与えてくる男だった。

「け、喧嘩《けんか》は反対です!!」

さらにもう一つ、第三者の声が乱入する。蚊の鳴くようなか細い声だが、精一杯の鋭さで叫んでいる。腕を振り払おうとする国一の脇をすり抜けた少年が神無と響のあいだに立った。

「は、はじめまして、黄逗《こうず》拓海《たくみ》です！ よろしくお願いします!!」

華奢な少年が深々とお辞儀する。切迫した状況を忘れ、神無もつられて深々と頭を下げた。

「朝霧神無です」

なぜ自己紹介をしているのかもわからず神無が顔を上げると、目の前の少年はぱっと頬を染めてはにかんだ。フワフワとしたくせっ毛が柔らかそうに揺れた。

「おい、なんの真似《まね》だ」

国一が掴まれた手を振り払おうと大きく腕を動かし、そして、苦痛に顔を歪めた。

「拓海は、ああいう性格なんだ」

淡々とした口調で論点を違《たが》えた言葉がかけられる。

「放せ!!」

国一の拳を包む大きな手に強い力が加わった。骨の軋む音が聞こえてきて、ようやくはっとしたように響が足を踏み出した。

不安を覚えた神無が口を開きかけたとき、さらに別の影が中庭から現れた。

「ストップ。一対一なら俺が相手になる」

拓海を押しのけ、のっそりと男が割り込んできた。大柄なのにまったく気配を感じさせない男は、三白眼《さんぱくがん》を細め片頬を歪めながら笑っている。

「俺が相手でもいいけど」

溜息混じりの声は、校舎の壁に背を預けたままの長髪の男のものだった。気配は臨戦態勢だ。空気が一瞬で張りつめる。

「なん――」

唖然としたような国一に、大柄な男は肩をすくめる。

「自己紹介が必要ならしてやるぜ？　三年二組、浦嶺《うらみね》郡司。士都麻が庇護翼」

「同じく、三年三組、織辺《おりべ》透」

大柄な男に次いで、壁に背を預けたままの男は涼やかに微笑んだ。倣うように、国一の手首を潰しかけた男が手を離して響を見た。

「三年九組、江村《えむら》一樹——高槻が庇護翼」

物静かな雰囲気の男は、律儀にも少し頭を下げる。

「黄逗拓海です!! 二年六組! 麗二の庇護翼!!」

くせっ毛を揺らしながら少年が頭を下げる。そのすべてに視線をやって、二人の鬼はようやく当初の目的である神無を見た。

「本気か?」

呆れたような、バカにしたような声音だった。国一は昨日、婚礼に出席している。三翼が鬼頭の花嫁に求愛したことは必然的にその耳に入っているだろう。そのうえでこの状況を目の当たりにしたなら、おのずと現状が知れる。

「鬼ヶ里に来た花嫁を庇護翼が守るっていうのか。しかも、こんな女に四人も——」

「九翼」

嗤笑を浮かべる国一の言葉を遮り、郡司が低く訂正を入れた。目を見開いた国一は押し黙る響と視線を交わし、あざけりに肩を震わせた。九翼ということは、本来なら婚姻した時点で庇護翼の手を離れるはずの花嫁を三翼が守り、さらに個々が自らの庇護翼もつけた計算になる。

それは、学園はじまって以来の珍事だ。

「聞いたことがないな。九翼に守られる花嫁？」

「まったくだ、冗談もほどほどに――」

「出遅れたっ」

呆れる響と国一が口を開くと、それをかき消す勢いで高い声が割り込んできた。七対の視線がいっせいに声のでどころを探してさまよった。

「なに、もう終わった!?　次の授業科学でさ！　特別室遠くて!!」

校舎の影から上履きのまま飛び出してきた少年二人は驚くほどよく似ていた。一卵性双生児なのだろう彼らは、髪を振り乱し、奇声を発しながら全力で駆け寄ってくる。

「走ったんだよ、これでも!!　っていうか、褒めてよ!!」

「褒めてー!!」

「はじめてなんだよ！　庇護翼!!　水羽が先走るから、俺もう、胃がキリキリー!!」

「なんで皆そんなに速いの!?」

「――少し黙ってろ」

郡司が溜息をつきながら肩で大きく息をする双子を睨む。寸分の違いもない二つの顔が、不満そうに唇を尖らせた。

「言い訳ぐらいさせろよ！　バカ郡《ぐん》！」

「あとで水羽にしばかれるのイヤ――!!」

どうも双子の最大の問題はそこらしい。可憐《かれん》な容姿のわりに、水羽のやることは確かに過激なところがあり、鬼頭の花嫁に求愛したのも、これはもう異例中の異例だった。主に合わせるのはさぞ骨が折れるだろう。郡司は双子に同情の視線を向け、透に苦笑してみせた。

「遅れてないから黙ってろ。――それとも、お前らも自己紹介しとくか？」

「あ！　こんにちは!!」

郡司が神無を指さすと、双子は同時に口を開いた。

「二年八組、森園《もりぞの》風太と！」

「雷太です!!　早咲が庇護翼!!」

双子はまっすぐ神無を見ている。どうやら、興味のない相手は視界にも入れない主義らしい。みごとに無視された響と国一から剣呑《けんのん》な空気がただよってきた。

「それで――」

壁から背をはがして、透が冷笑しながら敵対する鬼に向かって歩き出す。

「ここでやる？　それとも、今日はやめとく？」

首を傾げるような仕草とともに、長髪がさらさらと流れる。

「俺は準備できてるぜ？」

郡司は楽しげな透に肩をすくめ、見る間に黄金色へと変化した目を細めて凶暴な表情をつくった。

「暴力反対です!!」

握り拳で叫ぶ拓海は、血の気の多い他の鬼たちとは毛色が違うらしい。それを耳にして、一樹が微苦笑していた。

「遅れたぶんだけがんばるよ!!」

双子が物騒なことを言ってぴぴっと手を上げた。きびきびとした動きが、どこか主である水羽を連想させた。

一触即発——そんな言葉を思い浮かべるほど空気が張り詰める。戦いを前に誰もが殺気立っているのだ。

「あの……」

なにか言わなければ、そう思って神無は視線をさまよわせる。婚礼のときと同じように、戦えば怪我人が出るのは確実だ。無意味な争いをやめさせるにはどうすればいいか、神無は必死で思考をめぐらせる。

そんな彼女を見て、郡司は乱暴に頭をかいて溜息とともに顎をしゃくった。

「行けよ。花嫁の前で血腥《ちなまぐさ》いことはしたくない。けど、次に会ったときは、遠慮せず遊ぼーぜ？」

不敵に微笑みながら、郡司はもう一度顎をしゃくった。

「え——やらないの？」

「つまんない。授業サボって来たのにー!!」

双子が再び唇を尖らせている。

「うるせえよ。遊びたかったらいくらでも相手してやるから、黙ってな」

細めた瞳の鋭さに、双子がぐっと押し黙った。光晴の庇護翼である郡司の冷酷ぶりを彼らはよく知っている。主は人当たりのいい執行部会長だが、その下につく者はそうではなかった。緊迫した空気を読んだかのように響が歩き出す。神無とすれ違う瞬間、その顔を笑みに崩したが、瞳の奥は相変わらず恐ろしく冷えていた。彼は国一に並ぶと足を止めて首をねじった。

「あんたもムカつくね、土都麻の」

「どんな状況であれ、花嫁を守るのが庇護翼の仕事だからな。悪く思うなよ」

響の視線を受け止めて、郡司は軽く肩をすくめた。

「――いい答えだ。どこまで守れるか楽しみにしてるよ」

響はそう言い残して中央棟へ向かう。神無を睨み据えた国一は、唇をめくり上げて残虐な笑みを浮かべた。

「ここへ来たことを後悔させてやる」

国一はちいさく肩を震わせる神無から視線をはずして郡司を見た。

火花が散りそうな睨み合いは、国一が視線をはずすことで終わった。神無が遠ざかる国一を青ざめながら見つめていると、郡司が長息した。

「嫌な相手に目ぇつけられてるなあ」

「あれ、二年の――堀川《ほりかわ》響？　あんまり目立つ噂は聞かないけど……」

郡司に近づきながら透が二人の後ろ姿を目で追って問いかける。

「三翼の上を行く実力の持ち主って一部の鬼の中では有名だ。それより、もう一人だ。見ない顔だったけど……」

郡司が言葉を濁すと、一樹が思案げに口を開いた。

「国一っていったら……たぶん、貢国一」

「誰？」

「麗二から聞いたことある。前鬼頭の庇護翼……三人のうちの一人」

「それって前三翼ってこと？　まさかわざわざ鬼ヶ里に帰ってきたの？　なんか裏がありそうだなあ」

透がうなる。郡司がじつに嫌そうに顔を歪めた。

「厄介だな。まあそれ以前に、個人的に苦手なんだよなあ、ああいうネチネチしてそうなヤツ。さっさとブチのめしたいぜ」

「俺やる、俺!!」

「俺もー!!」

深刻な話し合いのはずが、雷太と風太の兄弟は嬉しそうに飛び跳ねている。

「お前らじゃ荷が重い。噂でしか聞いたことないけど、堀川響は再起不能になるまで相手をいびり倒すタイプらしいぜ？　最悪だ」

「あ、じゃあ俺むきかも」

郡司の言葉を耳にして透が爽やかに微笑んだ。長髪に細面《ほそおもて》、荒事《あらごと》には向きそうもない容姿だが、腹は意外と黒いようで、周りはこれといって訂正する気配がない。

「ああ、お前むきかもな。地獄絵図になりそうだ」

同じ主に仕える郡司だけが引きつった笑顔を透に向けた。

「ぼ、暴力反対です!!」

神無の後ろから拓海がおろおろと意見する。その言葉をきっかけにして、鬼たちは緊張したまま蚊帳《かや》の外で状況を見守っている花嫁に視線を向けた。

神無はわずかに体をこわばらせて男たちの顔を見た。

「あんたさ」

郡司はなにかを言いかけ、ちいさくうなり声をあげた。

「名前、呼んでないでしょ?」

郡司が躊躇った続きを透が言葉にすると、神無は「名前」と繰り返して考え込んだ。

「三翼の――、高槻、士都麻、早咲の名前。主の刻印がある花嫁の声ってね、よく聞こえるんだよ。まあ、実際に聞こえるわけじゃなくて感覚的なものだけど。呼べば必ず助けにくる」

「名前呼ばれなくても駆けつけるのが庇護翼だけどね!!」

「……やだなあ。水羽、どっかで仕事ぶり観察してるんだろうなあ」

双子はしっかりと手を握りあい、それから辺りを見渡した。

「遅刻したの怒られるかも」

 やはり一番の関心事はそこらしい。郡司と透は苦笑し、双子から視線をはずして神無を見た。

「呼べって言われてるだろ。庇護翼がそう言うのは特例なんだぜ？　三翼の名前も呼ばないってことは、俺たちの名前を呼んでもらうのは絶望的ってわけか」

責めるような郡司の言葉に神無は唇を嚙む。三翼のことは、昨日一度だけ呼んだ。

だが、なぜか今、その名を口にすることができなかった。

その名が脳裏をかすめなかったわけではないけれど、どうしても呼べなかったのだ。

「別に、呼ばれなくてもいい。俺は麗二の花嫁、守るだけだから」

ぽつりとちいさく、一樹がつぶやく。静かな声に男たちは顔を見合わせた。

「ま、そうなんだけどね」

透が苦笑して、一樹の肩を叩いた。

「いきなり全員の名前覚えろってのも無理な話だし。――それじゃ、朝霧さん、これから俺たちが三翼のサポートにまわるからよろしくね？」

透の言葉に驚いて、神無はうつむきかけた顔を上げる。

「鬼頭ってかなーり嫌われてるんだよね！　俺、はりきっちゃう!!」

「俺も！」

風太と雷太が弾けんばかりの笑顔を向けて胸を張ってみせる。ただ暴れたいだけのような発言に、郡司が呆れて頭をかいた。

「鬼頭自らが花嫁を守るのが筋だし、それが一番安全なんだが、どうもそんなわけにはいかないみたいだからな。――これからよろしく」

彼らの発想がまだよく理解できない神無は、郡司の言葉にきょとんとした。そんな彼女に一樹が無言で頭を下げると、拓海も照れたように微笑んでぺこりとお辞儀する。

呆気《あっけ》にとられて立ち尽くした神無は、われに返ると深々と頭を下げた。

「よろしくお願いします」

庇護翼が花嫁を守るための鬼であるなら、彼らは三翼の花嫁――つまり、神無を守るためにわざわざ駆けつけてくれたのだ。彼女はその事実を素直に受け止めてから再び口を開いた。

「助けてくれて、ありがとうございます」

一人ではとても切り抜けることなどできなかっただろう。逃げ場を求めてさまよい、いたずらに相手を悦《よろこ》ばせたに違いない。神無の口から漏れたのは純粋な感謝の言葉だった。しかし、それを受け取った男たちは驚いたように彼女を見た。まるで、礼を言われるとは思ってもみなかったという表情だ。

「いや——うん。悪くないかも」

ごほんと大きく咳払《せきばら》いをした郡司は、わずかに動く神無の表情の中になにかを読み取って視線を逸らしながらつぶやいている。

「うーん、ちょっと、これは」

「う、嬉しいよね……」

透と一樹は困ったように苦笑して、雷太と風太は頬をほんのり染めてうなずいた。

そして、彼らは一ヵ所に集まりボソボソと話しはじめた。

神無は不可解な反応をする彼らを、口をつぐんだまま不思議そうに見つめた。

「あのね」

輪から離れ、拓海がそっと声をかけてきた。

「庇護翼は陰から花嫁を守るのが基本でね、花嫁はとても大切な存在で俺たちにとって宝だから、例外なく〝守られること〟が当たり前になってるんだ」

嬉しそうに微笑んで、彼は優しく言葉を続けた。

「だからかな。お礼言ってくれる花嫁は本当に稀で――俺、がんばってあなたを守るね」

その言葉を肯定するかのように、目の前の鬼たちは微笑していた。

主の〝花嫁〟を見つめて。

第五章　蠢《うごめ》く者

【一】

山の一部を切り崩して造られたため、校舎の周りには緑が多い。それぞれの棟のあいだには広場があり、そこには一種の園庭が形成され、一部は植林の結果、森の様相を呈していた。響のあとを追って中央棟を通過した国一は、森と見まがう緑にまみれてうなり声をあげた。

「あんな小娘に九翼だって!?　お笑い種だ、ふざけるにもほどがある」

怒声は葉擦れの音にかき消された。

「落ち着けよ、国一」

「落ち着いてられるか!?　緊急招集の理由だけでも腹が立つのに！　だいたい俺は、

あれが鬼頭なのも納得いかないんだ。響のほうがよほど——」

唐突に轟音がして、国一は続く言葉を呑み込んだ。

「うるさいよ」

穏やかな笑みを浮かべて言い放った響の拳は、間近にある木の幹にめり込んでいた。巨木が、たった今気づいたかのように大きく枝を揺らす。響から押し寄せてくる圧倒的な存在感は、鬼頭と呼ばれた男とくらべても遜色なく、内在する能力も計り知れない。いつもは誰に対しても人当たりよく接している響だが、いったん敵と見なした者には罠《わな》を張り巡らせ、機に臨み変に応じ、息絶えるまで容赦することがない。

響はさながら、自由気ままに生きることを望んだ美しく貪欲な獣だった。

その姿勢は嫌いではない。むしろ賞賛に値する。

だが、それも限度がある。

「鬼頭っていうのは、鬼の頂点に座する男の名だ。神聖で誰にも冒しがたい唯一無二の存在なんだ。それをあんななにも知らないガキがわが物顔で名乗ってるんだぞ」

国一は悲痛に訴えた。

華鬼と名づけられたあの鬼が生まれる以前、頂点を意味する名は別の鬼のものであった。その鬼は厳格《げんかく》で美しく、ガラス細工のように繊細な心と純然たる力を持っていた。国一は胸中でその鬼の姿を繰り返し思い出す。心酔《しんすい》する、とはまさにあのことを言うのだろう。以前に鬼頭を名乗っていた鬼——秋谷成将《あきたになりまさ》は、国一が庇護翼として生涯をささげることになんの疑問も抱かせないほど完璧な、希有な存在だった。けれど、華鬼が生まれたことによって状況は一変する。

国一の眼底で、唐突に間近にある巨木が別の樹《き》に重なり、彼はその奥に闇を——さらにその奥に、世界を白く染め上げようとでもするかのように咲き誇った桜の、その花びらの乱舞を見た。

すぎ去らない夏の熱気が、幻視の桜に誘われるように消えていく。

遠い昔——二月のはじめ、いまだ小雪がちらつくほどに冷えた鬼ヶ里に、一夜限りの狂宴《きょうえん》が舞い降りた。狂い咲く山桜に不吉なものを感じた国一は成将の屋敷《やしき》におもむき、そこで梁《はり》にくくりつけられたロープを軸に揺れる主人と、それを呆然と見上げる少年を発見した。国一は心底、寒慄《かんりつ》した。桜の花びらが踊り狂うただなかで父親の死を見つめ続けた少年の姿に——なにより、誰が生きているのかすらわからないほど冷え切ったその空気に。

抱き寄せた少年の体は、やはり遺骸《いがい》のように冷たかった。

「響」

あのとき国一は、胸に抱きしめた少年の名を繰り返し呼び続けることしかできなかった。そしてその翌日、彼は知った。

新たな〝鬼頭〟が誕生したことを。

頂点に立つべく生まれてきた鬼の存在を。

「俺は納得してない。〝鬼頭〟の名は、長い時間をかけてそれにふさわしい鬼を選定し、吟味《ぎんみ》され、そして与えられる最高の栄誉だ。それなのに古老《ころう》どもは、狂い咲きに惑わされ、しきたりを破ってあの小僧に鬼頭の名を与えた。結果、この騒ぎだ」

切々と訴える国一を一瞥し、響は校舎のドアに向かった。

「興味ない」

たった一言を残し、響はドアの向こうへと消えた。彼が華鬼をよく思っておらず、ことあるごとに対峙し付け狙っている事実を国一は知っている。興味がないというのは嘘だ。だが響自身、今は好機でないと判断しているのは確かだった。

国一は間近にある樹に拳を叩きつけた。鈍い音と葉擦れが辺りを満たす。

「こんなことなら始末しておけばよかった」

あの娘の存在を知ったときに、さっさと息の根を止めておけばよかったのだ。魔がさしたとしか言いようがない。印を刻んだ鬼すら見捨てた花嫁がどれほど無価値であるか、彼は純粋に興味を持って古ぼけたアパートを観察した。

それが間違いだったのだ。

華鬼に花嫁がいるとなれば、古老——否、三老《さんろう》と呼ばれる鬼たちが興味を持ってしまう。〝上〟が介入して面倒になる前に、花嫁の存在から順に抹消していく必要がある。だが、どんな守りでも必ず隙ができるとはいえ、九翼というのは実際に厄介だ。監視の目が行き届けばそれだけチャンスが減っていく。

国一はぎりぎりと奥歯を嚙みしめた。

華鬼の存在も腹立たしいが、それに仕える三翼の存在も癪《しやく》に障《さわ》る。敬意をもって仕えるはずの主人に牙を剝《む》くなど庇護翼としての自覚がなさすぎる。これもきっと、華鬼が鬼頭に選ばれた経緯があまりにずさんであったからなのだろう。

「どいつもこいつも、クズばかりだ」

呪詛を吐き出した国一はふっと顔を上げた。

樹のざわめきの向こう、蠢く存在を認めて牙を剝いた。

「誰だ」

「手を組まない？」

まるで国一が声をかけるのを待っていたかのように提案し、木陰に隠れていた女がゆらりと動く。密集する葉が邪魔をして顔は見えなかったが、それも計算ずくなのだろう。笑う気配がした。

「なんの話だ」

授業中ということもあって、出歩く生徒はいないと腹をくくっていた。この状況も、油断が招いた結果——己のその迂闊《うかつ》さに反吐《へど》が出る。制服をまとって高校に通ってはいるが、長く鬼ヶ里高校から離れていたせいで勘が鈍っていたらしい。

「大変なんでしょ？　手伝ってあげる」

「だから、なんのことだ」

気配から相手が鬼の花嫁であることがわかり、国一はさらに警戒を強めた。なにを摑んでいるかは知らないが、下手にかぎ回られては動きが鈍る。だが、だからといって、邪魔という理由だけでなんの準備もなく希少な存在である花嫁を傷つければ、〝上〟が動きかねない。

うまく煙《けむ》に巻《ま》くしかない——そう思った矢先、

「鬼頭の花嫁、なんとかしたいんでしょ。だったら手を組まない？」

声は再び問いかけてきた。その内容に驚いた国一は一瞬だけ口をつぐみ、すぐさま獰猛《どうもう》な笑みを浮かべた。

「なにが望みだ？」

「後悔させたいの、ここへ来たこと。いっそ生まれてきたことを呪えばいいんだわ。ねえ、あの女、邪魔なんでしょ？」

ゆっくりと嚙み砕くように問う声が笑みに崩れる。木陰に隠れる気配が二つに増えた。こちらは一言も語らず、気配さえさだかではないが、国一の興味はすでに言外《げんがい》に悪意をまき散らす女へと向けられていた。

大気がうねり、葉擦れの音が世界を満たした。木陰の向こうでたたずむ女の黒髪が風に躍る。

「生まれてきたことを呪う、か」

「どうするの？」

悪くない考えだとほくそ笑むと、悪意にどす黒く染まった声で女が尋ねてくる。息を殺して返答を待つ女の顔には醜悪な笑みが浮かんでいるに違いない。鬼頭である華鬼に対する私怨か、あるいは花嫁に対する憎しみかはわからないが、伝わってくる狂気にも似た怒りは、彼自身が抱くそれとさほど違いはしないだろう。

「話を聞こうか」

国一もまた、醜悪な笑顔を暗澹《あんたん》たる森に向けた。

【二】

学園では一年生の部活が義務化されているが、転校したばかりという神無はどこにも在籍していない。希望用紙ごと真新しいカバンを抱きしめ溜息を落とした。

夏休み明けの実力テストはなく、当然のことながらテスト期間中でもないため、校門を出た神無の耳にも部活にいそしむ生徒の声が届いた。教室で待っていてほしいと水羽に言われていたが、そうして守られることに慣れていない神無は、気づけば彼の机に簡単なメモだけ残して教室をあとにしていたのだ。思わず逃げ出してしまったのは、一日中向けられた優しげな視線のせいだったのかもしれない。出会ったばかりの相手に向けるには破格の好意は、麗二同様に神無の警戒心をあっけなく取り払ってしまい、別の意味でひどく彼女を困惑させた。

胸の印を押さえて立ち尽くす神無は、われに返ると狼狽えて頭《かぶり》をふり、奇妙な胸騒ぎを振るい落としてから周りを警戒しながら足を踏み出した。

背後にある巨大な学園には、多くの花嫁がいるように、多くの鬼もいる。一見普通の人間のようだが、流れる血はそうではない。学園内にいるあいだ感じた視線には、外の世界よりもはるかに陰惨な光を宿したものがあった。いくら庇護翼と呼ばれる者たちが守ってくれているとはいえ、気を抜くわけにはいかなかった。

早く安全な場所に移動する必要がある。

神無は視線を上げた。舗装された歩道は洒落《しゃれ》た街灯や木々に飾られながらまっすぐに延び、途中で三つに分かれていた。直進すれば職員宿舎、南に行けば男子寮、北に行けば女子寮に続いている。これから生活するはずだった職員宿舎別棟の四階——華鬼の部屋は、壁と天井に穴が開き、無残なほど荒れていた。この場合、神無が行くべきは女子寮だろう。きっとそこも、教室と同じように居心地が悪いに違いない。

「朝霧さん？」

とぼとぼと歩いていると、明るい声が背後から追いかけてきた。

「あ、やっぱりー。あたしも帰るんだ」

駆けてきたのは土佐塚桃子である。息を弾ませ、神無の隣で足を止めた。

「夏休み前に転校してきたからまだ部活決めてないの。用紙、部屋におきっぱなし。そういえば、朝霧さんってどこに泊まるの？　職棟《しょくとう》は無理だよね？　あ、あたしの部屋に来る？」

明るく問われて驚くと、桃子はなんでもないように言葉を続けた。

「二人部屋なんだけど、今あたし一人なんだ。一人って落ち着かなくて」

歩調を合わせる桃子はさぐるように神無を見た。どう答えるべきか悩みながら口を開いた神無は、視界の端に赤いスポーツカーを認めて立ち止まる。すぐに運転席からもえぎが出てきた。

神無に気づいたもえぎがにこやかに笑うのを見ると、自然と体が向きを変えていた。そんな神無の肩を桃子が軽く叩いた。

「じゃあ、部屋で待ってるね」

「ありがとう」

つられてうなずき、桃子と別れて車に近づく。もえぎはリアシートから大量の荷物を引きずり出していた。デパートのロゴが入った袋を見て、彼女が町まで下りて買い物をしていたのを知り、神無は慌てて手を差し出した。

「運ぶの、手伝います」

あまり腕力はないが、いないよりはましだ。真剣に申し出ると、もえぎは苦笑して首をふった。

「大丈夫ですよ。それより、ドアを開けていただけます？」

両手にどっさり紙袋を持ったもえぎが、首を傾げるようにして職員宿舎別棟のドアを見る。神無は小走りでドアまで行き、ノブをひねった。

「ありがとうございます。神無さんの服も買ってきたから見ていただけますか？　サイズは七号でよかったかしら。久しぶりに若い子の服売り場に行けて楽しかったわ」

満足げな笑みを浮かべるもえぎはドアをすり抜け建物の中に消える。意外な言葉に動揺して神無はそのあとに続いた。

「今度はいっしょにお買い物に行きましょうね」

「あの……！」

「はい」

「そんなの……悪いです……」

身一つでここに来たのだから、私物どころか着替えすらない。そんな状況では誰かに甘えるのは仕方のないことなのかもしれない。しかし、もえぎは——。

「私には、そんなことしてもらう資格は……」

口ごもる神無にもえぎが微苦笑した。

「遠慮はいりません。それに、好きでやってるんです」

「……た、高槻先生の……求愛の——……」

続く言葉が見つからず、神無はただまっすぐもえぎを見つめる。どんな理由があるにせよ、それが神無自身の意思でなかったにせよ、幸せそうだった彼らの家庭を土足で踏みにじったことに違いないのだ。

求愛の印は、神無の胸に刻まれた。優しくされる資格はない。疎《うと》まれることには慣れている。

もうとっくに慣れ切ってしまっていたから、だから無理はしてほしくなかった。

もえぎは袋の中身を確認すると、そのうち二つを手にして麗二の部屋に入り、すぐに袋のかわりにメジャーを持って戻ってきた。

「ちょっと失礼します」

そう断ってから神無の脇に腕を差し込んでメジャーを回した。

「求愛は麗二様の判断です。私はそれを咎《とが》める気はありませんし——逆に、なにもせずにあなたを見捨てたら、そっちのほうが問題です」

「……あの……？」

メジャーを二回神無の胸に回し、もえぎはにっこり笑った。

「それに、珍しいものを見られましたので——私としては、よほどあなたを守りたいのだとほっとしました」

なにをさして〝珍しいもの〟と表現したのかには触れず、もえぎはメジャーをしまいながら言葉を続けた。

「サイズはいいようです」

神無が返答に窮《きゆう》していると、

「下着。可愛いのがいっぱいあって、目移りして困っちゃいました」

もえぎはコロコロ笑って紙袋を指さした。本当になにからなにまで買ってきてくれたらしく、神無は真っ赤になって狼狽えた。

「洋服ダンスも可愛いのがあって、無理を言って今日配達にしてもらいました。運びきれなかった服もいっしょに届きます」

「でも、部屋がまだ……！」

女子寮には据え付けの洋服ダンスがあるかもしれない。服はありがたいが、タンスは無駄になる可能性がある。それになにより、桃子の部屋に一時的に居《い》候《そうろう》するのだ。正式な手続を踏んで決まったわけではないから迷惑をかけてしまうことも考えられる。

「大丈夫です、話はちゃんとつけてあります。一応、それぞれのお部屋に合わせて洋服ダンスと服、パジャマ——それから下着などトータルで選んできました」

なにかがひどく引っかかりながら、神無は邪気なく微笑むもえぎを凝視した。

それぞれのお部屋、ともえぎは言った。――なにかが違う。

割り当てられる部屋は、一人部屋であれ相部屋であれ、普通は一室だろう。女子寮は大きく内部も広そうではあるが、一人が何部屋も占拠できるほどではないはずだ。鬼頭の花嫁だから特別待遇というのも違う気がする。

「いずれ四階の修理が終わったら、またタンスを選んできますね。鬼頭の趣味はよくわかりませんから、私の好みで可愛い感じの――」

「ま、待ってください！」

しどろもどろになって大声をあげた神無に驚き、もえぎがきょとんとする。

「その、タンスを運ぶ部屋って……」

「ですから、三翼のお部屋。鬼頭と三翼の花嫁は、鬼といっしょに生活できるよう別棟の一部が割り当てられてるんですが、四階があんなでしょ？　求愛されてることですし、ここは三翼のお部屋に順番にお泊まりするのがいいかという案で」

誰の案だか訊くことすら忘れて、神無は楽しそうに未来予想図を語る頼もしい女性を茫然と見つめた。

「基本的に鬼は花嫁の嫌がることはしませんから――鬼頭はどうも違うようですが、三翼は大丈夫です。流されちゃだめですよ。意思をしっかり持ちましょうね、神無さん！」

返す言葉もなく立ちすくむ神無に、もえぎはガッツポーズでうなずいた。

広いキッチンに仲よく肩を並べて立つ二つの影に、三翼は驚いたように顔を見合わせた。珍しいというより、はじめて目にする光景だったからである。

「今どき魚を三枚におろせるなんて」

お玉と小皿を持って嬉しそうに笑ったのは、職員宿舎の別棟を切り盛りする女性、もえぎである。気のいい彼女はいつもすすんで家事全般を引き受け、男ばかりの殺風景な空間を潤してくれた。

「味付けもいいわ。これからもいっしょに食事作りましょうね、神無さん」

もえぎの言葉に真っ白なエプロンをした神無は、ちいさく一つだけうなずく。口数の少ない彼女を柔らかく見つめて、もえぎは食器棚に向かった。

「新妻《にいづま》とオカンやな」

テーブルに頬杖《ほおづえ》をつく光晴は、パタパタと歩き回る神無を惚《ほう》けたように見つめてぽつりとつぶやいた。

「セットでお持ち帰りしたいですねえ」

すぐ隣の席についていた麗二は満面の笑みでそう言って、さらに「幼妻《おさなづま》とお姉さんです」と、親子ほど年が離れていることを承知のうえで訂正を入れた。

「僕、手伝おうか？」

食べ物の匂いに誘われ、待ちきれなくなったらしい水羽が椅子から立ち上がった。外見だけなら美少年と呼ぶにふさわしい容姿は、台所に立っても違和感がない。

「微妙やな」

「微妙ですねえ」

しかし中身が外見と同じとは限らず、鬼の血ゆえか生まれ持っての性質なのか、水羽もなかなか気性が荒い。

「麗二！　光晴も!!　食べたいなら手伝ってよ！」

大先輩を呼び捨てにし、空腹の水羽が豪快にテーブルの上へ皿を置いた。

「割れるで!!」

慌てて立ち上がった光晴の隣で麗二が渋い顔をする。

「あまりこういうのは得意ではないんですが」

仕方ないと言わんばかりに苦笑して麗二も立ち上がった。焼き魚から煮物、天ぷら、おひたしが並ぶさまは、まさに純和風な食卓である。

「お刺身の盛り合わせもありますよ」

にっこりと微笑んでもえぎが冷蔵庫を指さす。

「なんやすごいことになっとるな……」

唖然として光晴がつぶやいている。もえぎの腕前はたいしたもので、創意工夫をこらした料理が食卓を飾ることが多い。ただ、ここまで徹底して和食を作ることはなく、どちらかというなら多国籍風な創作料理になるのが常だった。

「これ神無ちゃんの趣味か？　……ええなあ……」

突然かけられた声に驚いて、神無が光晴を見た。

「俺専属のシェフにならん？」

真顔で光晴が言うと、神無は包丁を持ったままの姿で停止した。間近に光晴の顔があるという事実に動きが止まっているのではなく、どうやら言葉の意味を必死で考えているらしい。

「……光晴さん。公衆の面前で、素で口説いちゃダメですよ。神無さん固まってるじゃないですか」

「せやけど！　和食！　エプロン！　新妻さん！　独り占めにしたならんか!?」

「そんなヤボなことは訊かないでください」

にっこりと笑いながら、麗二は肯定とも否定ともとれない答えを返す。が、ニュアンスからは明らかに肯定の意味が読み取れる。

「ちょっと！　邪魔するくらいならどっか行ってよ！」

せかせか歩き回りながら水羽が怒鳴った。早く食事にありつこうと麗二と光晴を台所に立たせたのに、気づけば神無を囲んで彼女の手まで止めさせている始末だ。これでは逆効果である。

「手伝いたいけどなにすればいいかわからんし。——包丁支えよか？」

真顔で光晴がそう訊くと、神無の表情がわずかにゆるんだ。

「光晴さん、包丁支えたらかえって危ないですよ。怪我させたらどうするんです」

苦笑混じりに言って、麗二はまだ無自覚なまま微笑む神無を見つめる。彼女はふと笑顔を消し、口を開いた。

「怪我は平気です」

神無がちいさく返す。その言葉に含まれる意味に気づき、光晴と麗二は絶句した。普通なら怪我の度合いを答えるために使われそうな言葉だ。だが彼女は、ごく自然に別の意味に置き換えていた。それぞれの脳裏に、癒えてなお消えることのない傷を負った肢体《したい》が浮かんだ。

怪我をすることには慣れている。だから平気だと、彼女はそう言っているのだ。

「もう平気なんて言わんでええんや。そのために庇護翼がおる」

「そうですよ。でも――」

麗二は困ったように押し黙った。

「いやぁな男が狙ってるって言いたいんでしょ！」

食事の支度を手伝っていた水羽が、あきらめたように近づいてそう続けた。

「そうなんですよね……名前は――」

「貢国一。透が嬉しそうに報告してきたで。あとは、堀川響か。なんや嫌な顔合わせやな」

溜息混じりで光晴がそう漏らすと、

「堀川君、また学生してるんですか？」

食事の支度をしていたもえぎが、どこかのんびりと口を挟んできた。四つの視線が驚いたように声の主を見つめる。

「もえぎさん、お知り合い？」

「麗二様、言ってませんでしたっけ？　私が学生のころ、同じクラスで彼と机を並べてました。少し口説かれたこともあったんですよ」

もえぎの発言に麗二が愕然としている。本当に初耳だったらしい。

「そ、その話は……！」

「冗談でちょっかい出してきただけですよ。本気にするはずないじゃないですか」

「──そ、そうです……ね……」

鍋をテーブルに運ぶもえぎを見つめ、麗二は歯切れ悪く言葉を詰まらせた。

「おお、麗ちゃんが動揺しとる。珍しいのお」

「でも最近ボロボロだよね、麗二」

「せやな。意外に抜け目だらけ」

「……聞こえてますよ、お二人さん」

不気味な笑顔を光晴たちに向け、麗二は気を取り直すように大きく息を吸う。そして、般若の笑顔をみごとに消し去ってから神無を見た。

「ひとまず神無さん、今度時間があるときにでも採血しましょうか」

突飛なことを口にした校医に、光晴と水羽は顔を見合わせてからうなり声をあげた。

「まあなにがあるかわからんしな。一応念のために」

「輸血用に自己血《じこけつ》とるの？　うーん。使わないのが一番いいんだけどね」

難しい顔でうなずいている男たちに視線を向け、神無は小首を傾げた。

「自己血……ですか？」

「……あんな、神無ちゃん。鬼に厳密な血液型っちゅうんはないんや。しいて言うなら、皆がそれぞれに別々なんや。似たヤツはおる。けど──」

「似て非なるものなのですよ。たとえば兄弟で血液の型がとても似ていたとしても、別の鬼からもらった血というのはね、一見適合しているかのように見え、でも本当は適合しない」

「せや。いろんな弊害が出る。人と違ってな、凝固したりショック症状を起こしてすぐにどうこうなるんやなくて、少しずつ変調が出る。中には突然死ぬヤツもおるけど、個体によって症状が違うんや」

光晴の言葉に、神無は無言のまま聞き入っている。

〝鬼頭の花嫁〟──生きていることが奇跡のような、そんな娘。

「神無、鬼に印を刻まれた女もね、普通じゃないんだ。鬼の子が産めるようになった女も、もう普通の人間じゃない。大怪我したとき輸血される血が自分のもの以外だったら、無事ではいられないんだよ」

「だから庇護翼がつく。なによりも大切な花嫁を守るために」

水羽の言葉に麗二がそう続けた。神無はゆっくりと男たちを見つめ、その話の出た意味を理解したようにうなずいた。

華鬼に対する敵愾心《てきがいしん》を隠そうともしない鬼は、つまりそれほど危険ということなのだ。九翼で守ってなお守りきれる自信がなく、最悪の状況も視野に入れなければならなかった。

「でも、そんなに心配しなくても大丈夫ですよ」

ふいに軽い口調に戻った麗二は、警戒をといたまま熱心に耳を傾ける神無に微笑みかけた。

「いざとなったら周りにいる鬼を盾にしてください」

きょとんとする神無にうなずき「鬼は血の気が多くて丈夫なので、ちょっとやそっとではへこたれません」と、納得していいものかもわからない意見を口にした。

「そうだね。とくに光晴なんて丈夫そう」

「水羽、なんちゅうことを言うんじゃ」

「ああ、光晴さんなら問題ないですねえ。身長もあるし、いい盾になりそうです」

「麗ちゃんまで!?」

「怪我をしたら治療くらいしてさしあげますよ」

「怪我すること前提なんかい」

冗談めかした口調で言われているにもかかわらず、光晴は怯えた顔でするすると二人から離れていく。どうにも立場が弱いらしい。

「お話が弾んでいるところ悪いのですが」

「弾んでへん！　ちっとも弾んでへんし!!」

もえぎの言葉に誰よりも早く反応し、光晴は素早く神無の後ろに隠れた。驚く彼女の肩越しに辺りを見渡している。

「あらそうですか？　楽しそうでしたよ」

コロコロ笑って、もえぎがテーブルの横に立った。

「お食事にしましょうか。そうそう光晴さん、今晩、神無さんをお願いしますね？」

思い出したようにもえぎは神無と光晴を見つめた。

「は？　お願い？」

不思議そうに首を傾げる光晴に、もえぎが笑顔を向けている。神無は次に続く言葉を予期して、真っ赤になってうつむいた。

「神無さん、泊めてあげてくださいね？」

「お！　任せとき‼」

やたら生き生きとした声が神無の頭上に降りそそいだ。


【三】


その部屋は恐ろしく殺風景だった。

すでに悪趣味としか言いようのない正方形のベッドが部屋の中央に置かれ、それ以外はサイドテーブルと、もえぎが選んでくれたタンスがぽつんと不自然にある。

それだけの部屋。

華鬼の部屋もものが少なかったが、この部屋ほどではない。いくら据え付けのクローゼットや収納スペースがあるとはいえ、そこは部屋の主人とは似ても似つかぬ生活の香りすら存在しない場所だった。ソファーがあるならそこで休ませてもらおうと考えていた神無は、もえぎが買ってくれたピンク色のネグリジェに身を包んだまま呆然と立ち尽くしていた。

ここまでなにもないと、どう行動していいのかすらわからない。

「神無ちゃん、こっちこっち」

神無は軽い調子で手招きする光晴を見つめ途方に暮れる。彼はすでにベッドの左半分に陣取っていて、彼女が来るのが当然といわんばかりに待っている。

鬼ヶ里に連れてこられてからというもの、神無は反応に困って立ち尽くすことが多くなっていた。

「ほら、そんなトコおってもしゃあないやろ?」

「他に」

「ん?」

「他に、休める場所は……っ」

この際、ソファーベッドだなんて贅沢《ぜいたく》はいわない。座椅子でもかまわない、部屋の隅でも十分だと思いながら口を開いた神無に、光晴が苦笑を返した。

「すまんな。この部屋にあるの、ベッドと冷蔵庫ぐらいなんや。あとは流し台とか――まあ、最低限生活していけるレベルの家具しかないっちゅう感じで。ベッド以外に休めるトコは床ぐらいなもんで」

「床」

「言っとくけど床には寝させん。当然やけど」

神無は光晴の一言で口を閉じる。毛布を一枚貸してもらえれば床でもかまわなかった。今まで暮らしていたアパートはお世辞にもいい環境とは言いがたく、おかげでどんな場所でも安全さえ確保できていれば眠れるようになっていた。

しかし、床で寝ることを光晴が許してくれそうにない。

「そう警戒されるとこっちまで意識するやろ」

光晴の言葉に神無はこっそりと後退をはじめた。光晴には飢えた獣のような雰囲気はないが、この状況では逃げるなというほうが無理だ。なにかあったらすぐ駆けつけると言ってくれた麗二と水羽の顔が脳裏に浮かんだ。

「そう怖がらんでもなんもせん。……ちゅうても、信用ないか」

光晴は困ったように笑った。

「どう言えばええんやろ。……俺はたぶん、神無ちゃんにとって一番〝安全〟な男や。カッコ悪い話やけど」

溜息とともにそう吐き出して、光晴はベッドから下りる。彼はそのまま窓辺へと歩み寄った。

「俺な、昔――ずっと前にな、花嫁もろうたんや。きれいな子やった。気の強い女で……いい女やった」

ぽつりぽつりと光晴が語る。いつもの明るい口調ではなく、寂しげでどこか自嘲気味な、静かな声。

窓の外を見つめるその目は、闇に沈む外の風景ではなく、過去の残像を追うように細められていた。

「幸せにしてやりたかった。けど……だめやった」

「どうして？」

神無の問いに、夜陰を眺めていた光晴は、驚いたように振り返った。まさか神無から質問されるとは思っていなかったのだろう。光晴は体を反転させると壁に背を預けて天井を見上げた。

「……鬼の子は刻印を持った鬼の花嫁しか産めんし、それも相性があって、鬼の出生率自体が恐ろしく低いんじゃ。もし――もし、印を刻んだ鬼が役に立たんかったら、その花嫁は強制的に他の鬼のもとへ嫁ぐことになる」

一瞬言葉につまるように押し黙り、彼は声を絞り出した。

「子を成すことのできる鬼のもとへ、な」

悲しげに光晴が笑う。遠い遠い過去を思い出しているかのように。

「仕方ない。誰のせいでもない。せやけど、辛かった。彼女が幸せになってくれればそれでええと思って――でも、その姿見るのがどうしようもなく辛かった」

「ここにいるのも、辛い……？」

ちいさな神無の問いかけに光晴が顔を歪める。深すぎる愛情は、ときとして苦痛しかもたらさない。幸福の絶頂から叩き落とされた彼は、花嫁の幸せだけを願い続けて身を引いたのだろう。

それが、彼の過去。

「……辛ない言うたら嘘や。思い出は生き続ける、風化することも許さんぐらい鮮明に。なんでこんな体に生まれついたんか、なんでこんな目にあわなあかんのか、ここにおったら一生そんなことを考えながら彼女の面影を追うやろう」

だから、鬼ヶ里を出た。

光晴は独り言のようにちいさく続けた。

「それ以来、帰郷は久しぶりだったんや。まさかこないなことになるとは思ってへんかった。偶然なんか必然なんか、そんなんはわからんけど……俺が神無ちゃんに会ってまだ二日やん？　それなのにその影が――惚《ほ》れた女の影がな、ときどき揺らぐんや。神無ちゃんを見たら、なんや俺がしっかりせなあかんような気分になってな……なんやざわつく」

そう言って光晴は窓から離れ、ゆっくりと神無に近づいていく。その行動があまりにも自然に思え、神無は無言で彼を見つめた。

光晴はなにも語らない彼女の前に立ち、再び口を開いた。

「神無ちゃんは鬼頭の刻印を持っとる。花嫁としての格は誰よりも上や。もしな、華鬼が……あいつが神無ちゃんを花嫁として迎え入れる気が本当にないなら、神無ちゃんには強制的に別の鬼があてがわれる。その中に、俺は絶対に入ることはないんや。求愛しとってもこれは話が違ってな……一族の血を残すのが最優先なんや」

光晴はまっすぐ神無の瞳を覗き込んだ。

「神無ちゃん、幸せになりたない？」

ぴくりと神無の肩が震える。何度もあきらめた言葉を、誰にも告げられずにいた言葉を、光晴が一点の曇りもない澄んだ眼差しで投げかけてきた。

「俺やったら神無ちゃんを傷つけたりせん。鬼ヶ里で暮らすことはでけんけど、落ち着きない生活させることになるけど、絶対幸せにする。後悔はさせせん」

強い意志を秘めた静かな声が、ゆっくりと部屋の中に広がって消える。〝鬼頭の花嫁〟を捜す追っ手から身を隠し続ける生活——確かに穏やかとは言いがたい日々になるだろう。けれどそれは、不幸ではない。

きっと、それは。

「だから俺を選ばへん？」

揺れる心の内側に、優しい声がそう問いかけてきた。


神無が答えられずにいると、しばらくして光晴は部屋を出ていった。

その場にすとんと座り込んだ彼女は、両手で膝をかかえて硬く目を閉じた。

今まで耳をふさいできた言葉が、胸の奥に忍び込んでじわりと染み込む。幸せになりたい、もう怯えて逃げ回る生活など送りたくない。そう強く思う。

けれど、心のどこかに迷いが生じる。平穏を望みながらも素直にうなずけないのだ。

神無はじっとうずくまる。

心臓はいまだに暴れ、なだめようと手をあててもいっこうに静まらない。

三十分ほどそうしていただろうか。神無はきつく唇を噛んで立ち上がった。

そっと寝室から顔を出すも、光晴の気配がない。廊下に出ると、玄関に光晴の靴がないことに気がついた。一階に行っているのかもしれない。神無はもえぎに買ってもらった上着を羽織って靴を履く。エレベーターで一階に下りた神無は、真っ暗なダイニングキッチンに気づいて足を止めた。リビングにも人気がない。半壊している四階は華鬼、三階は水羽、一階は麗二ともえぎが暮らしている。夜中に彼らの家に訪れるとは思えず、神無の足は自然と建物の外に続くドアへと向かっていた。

十分に警戒しながらドアを開けると、満天の星が神無を出迎えた。光源が少ないせいだろう。手を伸ばせば届くのではないかと思うほど明るい。虫の音が涼やかな山風にのって秋の気配を運んでくる。肩をすぼめ、神無は闇に目をこらした。

建物から離れるのは得策ではない。もしものときのために、できるだけ近くにいたほうがいいだろう。長年の経験から的確に状況を分析しながら、神無は息を殺して辺りをうかがう。鬼ヶ里高校は学園の敷地と三棟の寮以外は四方が森に囲まれていた。文字通りこの土地は、高校を造るためだけに開拓されている。森からは葉擦れの音が間断なく聞こえてきた。

神無は闇に目が慣れると警戒しながらも足を踏み出す。舗装された道沿いにぽつぽつとともる明かりの下に光晴の姿はなく、神無の視線は自然と森へ向かっていた。息を吐き出した神無は、眼前に広がる暗黒へと進む。外灯はおろか月の光さえ遮る木々が、頭上でささやきあうように揺れていた。

すくむように立ち止まった神無は、首をふって再び歩き出した。

寮は門限があり、生徒が抜け出すのは難しいだろう。仮に外出しても、移動には外灯がある道を利用するはずだ。森を徘徊《はいかい》する者などなきに等しい。だから今は安全に違いない――神無は自分にそう言い聞かせる。しかし、胸の奥のざわめきがおさまらず、彼女は玄関で光晴を待とうと早々に体の向きを変えた。

「それで？」

木々の合間、低い男の声が流れてきたのは偶然に違いない。神無が反射的に立ち止まると女の声まで聞こえてきた。息を呑んだ次の瞬間に、神無は声のするほうへと歩き出していた。草や木の根、石に足をとられながらも手探りで進んでみたが、会話は終わったのか、それ以上声は聞こえてこなかった。

神無は弾む息を整えながら辺りを見渡した。

刹那、風がうねり、ささやくように続いていた葉擦れの音が轟音となって神無を包んだ。

とっさに目を閉じた彼女は、鋭い視線を感じて顔を上げ、闇の中に浮かぶ黄金の光に呼吸を止めた。さげすむような光には見覚えがあった。はじめはアパートの近く、路地裏で。次は婚礼の大広間で。そして教室、廊下へと続く。

華鬼のそれとは違う、負の感情しか見出せない瞳。神無は総毛立ち後退った。まるで獣を目の前にしているかのように体が麻痺し、まっすぐに射すくめる瞳から視線をはずすことができない。ようやくの思いでよろめきながら三歩さがった——その直後、黄金の光が消えた。

「刻印の消し方、知りたくないか？」

試すように残された言葉に、神無は思わず息をつめていた。恐怖で凝《こご》っていた心の中に忍び込む言葉は、彼女にとってあまりに意外なものであった。

返事を待たずに鬼の気配はかき消え、取り残された神無は茫然と闇を見つめる。

果たして本当に刻印が消せるのだろうか。鬼の花嫁の呪縛から解放されたら、母と穏やかに暮らせるのだろうか。黄金の光が消えた場所を凝視し、神無は自問する。

もし、もしも、叶《かな》うなら——。

「あれ？　神無ちゃん？」

自問する神無の耳に光晴の声が届く。風上の木が大きく揺れた。

「なんや、一人で来たんか!?　危ないやろ！」

低木をかき分けて駆け寄ってきた光晴は、神無の体が震えていることに気づいて息を呑んだ。そして一点を見つめる神無の視線を追い、鋭く闇を見渡す。

「誰かおるんか？」

においを嗅ぎ取ろうとするかのように鼻をひくつかせ、光晴が眉根を寄せた。返答を待っているだろう視線を感じながら、神無は意を決して闇の中を慎重に歩き出した。

神無は視線をめぐらせ息をついた。気のせいだったのかもしれない。闇を恐れるあまり闇に呑み込まれ、時に幻覚や幻聴の類に悩まされる人間もいるのだ。闇の中、目をこらして辺りを観察し、なにもないと判断して光晴に向けて足を踏み出す。

そのとき神無は、つま先になにかが当たったような気がして地面を見た。

草に隠れ、なにかがぼんやりと闇の中に浮かび上がる。身をかがめて拾い上げると、ぷらりとそれが揺れ動いた。

神無は目を見張る。

手の中には壊れかけたちいさな木彫りの人形が一つ、気味の悪い笑顔を浮かべながら揺れていた。

第六章　変調

【一】

休み時間、球技で盛り上がる校庭を見ていると水羽に名を呼ばれた。

「神無、いっしょに——え!?　ちょっと、なんだよ!?」

「いいから付き合えって。三翼同士、仲よくしようか？」

騒がしい声はドアに程近いところから聞こえてきた。顔を向けると、国一に引きずられるように水羽が教室を出て行くところだった。鬼頭と名乗ることを許された鬼に三翼がつくということしか知らない神無は、当然のことだが、国一が自殺した前鬼頭の庇護翼——〝前三翼〟であったことを知らない。三翼が何人もいるのかと考え、ただひたすら疑問符を浮かべながら、その途中で思い出したようにカバンをさぐって古ぼけた木の人形を取り出した。

昨夜、森の中で拾ったものだ。持ち上げると腕が取れ、両足もぐらつき、キーホルダーの金具部分も壊れていた。朝、もえぎからボンドとラジオペンチを借りてなんとか直したが、指を何度も挟んだうえ力加減もわからず、金具がいびつになってしまった。

神無は手の中の人形をくるくると回した。

円筒形のシンプルな木の体、同じように工夫のあとが見られない円筒形の手足、顔に至っては、これはきっと笑顔なのだろうが、目を大きく見開いて歯を剝く姿は、どうひいきしても可愛らしい表情には見えなかった。

個性的な人形だなと結論を出したとき、

「うわ、なにその呪いの人形」

ある意味、的確な評価がくだった。神無が人形から視線をはずすと、教室に入ってきた桃子が神無の手元を覗き込んで離れていった。

「変な趣味。ってか、マジ呪われそう」

笑いながら桃子は自分の机に行き、化学の教科書と筆記具を手に戻ってくる。

「次、移動だよ。北棟の第三化学室。トイレ行ってたら遅くなっちゃったー。もう、朝霧さん転校生なんだから、誰か案内くらいしてくれてもいいのにね。早咲は？」

国一に引きずられていった彼のことをどう説明しようか言いよどむと、桃子は肩をすくめて笑った。

「つたくさ、自分の花嫁の面倒くらいみろっての。あ、ねえねえ、昨日どうしたの？あたし、待ってたんだけどなあ」

「え？」

「泊まりにおいでって言ったでしょ？」

しどろもどろになった神無は、桃子の一言にさらに混乱した。親しげに声をかけてくれたうえに心配してくれた相手のことを、神無はこのときまですっかり忘れていたのだ。

「友だち甲斐《がい》ないなあ。どこに泊まったの？　まさか職棟の四階じゃないよね？」

化学の教科書を出すようにうながしつつ桃子は興味津々な瞳で問いかけてくる。ハンカチでくるんだ人形をカバンの中に戻しながら、神無はさらに狼狽えて返す言葉を失った。昨日は結局、光晴の部屋に泊まった。彼は完全にベッドを明け渡し、森から帰って気が高ぶって眠れない神無のそばにずっとついていてくれたのだ。いつ眠ったのか定かではないが、それから彼は、どうやら一階のリビングで夜を明かしたらしかった。

「なになに、言えないことでもあったの!? 同じ屋根の下って絶対ヤバイよね。もー本当、よりどりみどりで朝霧さん羨ましい。あ、ねえ、朝霧さんのこと神無って呼んでもいい? あたしのこと、桃子って呼んでよ」

教室を出ても楽しげな声はやまない。唐突な質問に神無が驚くと、

「だって朝霧って呼びにくいんだもん。土佐塚も呼びにくいしさ。いいでしょ?」

さらにそう尋ねられた。神無が思わず立ち止まるのを見て、それを否定と受け取ったらしい桃子は少しすねたように唇を尖らせた。

「別に嫌ならいいけど」

神無は慌てて首を横にふった。あまり慣れないことを言われたから思考が一瞬停止したのだ。蔑《さげす》まれたり罵倒されるばかりの毎日を送っていたから、いまだにまっすぐな好意や好奇心を向けられるのに慣れない。他人に名を呼ばれるのも、ここに来てはじめての体験だった。

「いいの?」

確認され、神無は勢いよく何度もうなずいた。そんな神無を見て桃子が笑う。

「なんかおもしろいね、神無って。変わってるとか言われない? あたしの周りには

いなかったタイプだな」

そう言って、彼女は肘で神無をつつく。

「それで？　昨日はどこに泊まったの？　まさかさっきの人形、そのときにもらったとか言わないでよ」

からかわれているとわかっていても、神無は真っ赤になってしまう。

「あたし、昨日、神無が来るって思ってたからさ、女子寮に木籐先輩が来たときには本当に驚いたんだから。……あれ？　知らない？　誰の部屋に泊まるか白熱バトル。あそこまで露骨に奪い合うとね、見てるほうはバカバカしくて楽しいよ。寮長まで巻き込んでメチャクチャだったもん。確か鬼頭の花嫁と同じで、三翼の花嫁も自分の鬼と同居できるんだよね？　だったら神無は三翼のうち誰かの部屋に泊まったとして……うーん、木籐先輩って結局どこに泊まったのかな」

桃子に平然と言われ、神無はぎょっとした。華鬼が女子寮に泊まったということにも驚いたが、十六歳の少女が男と寝食をともにすることに非難の声があがらないのは常識的に考えてまずありえないだろう。だが、閉鎖的とも言えるこの学園では、それが定着しているようである。

注目されて当然なのだと知ると、ひどく居心地が悪かった。

「ま、神無いなくてよかったかもしれないけど。なんか木籐先輩、女選んでないみたいだし、花嫁としてはムカつくよね。いくら他の鬼から求愛されてるっていってもさ、自分の鬼が目の前で他の女にちょっかい出してたらいい気しないもんね」

気遣うような響きを含みながらも桃子の言葉はあけすけだった。けれど神無は、なにも言い返すことができなかった。神無にとって、悲しんだり腹を立てるというレベルの問題ではなかったからだ。自らの花嫁に殺意しか抱かない鬼——それが華鬼。そして、その対象であるのが朝霧神無という名の少女。華鬼とのあいだにある溝は、埋める方法も、その理由さえわからないほどに深いものだった。

華鬼が誰に興味を持とうとも、誰をその腕に抱こうとも気にするべきことではない。

気にしてはいけない。

華鬼の瞳の奥で揺れる苦悩をぬぐえるのは神無ではない。少なくとも、殺意しか向けられない花嫁ではないだろう。

神無は胸に手をあてて立ち止まる。

あの瞳を思い出して苦しくなるのは彼をよく知らないせいだ。殺意の中で揺れる心をいたずらに垣間見《かいまみ》てしまったから、正体不明の感情に翻弄されているに違いない。

けれど、知りたいと思うのと同じ強さで、深く知ることに恐怖心を抱いていた。

正体の掴めない感情の波――それは、胸のうちに眠り続けたなにかを呼び起こしてしまいそうで不安をかき立てる。

「神無？　どうしたの、大丈夫？」

肩に触れられ、神無は驚いて体をひねった。慌てて平気だと返して桃子を見ると、少しだけ不安そうな顔を向けられる。

「なら、いいけど。……あたし、ちょっと教室に忘れ物したから先に行ってて？　第三化学室、北棟の二階の突き当たりだから。……本当に大丈夫？」

うなずく神無に桃子はわずかに眉根を寄せつつもきびすを返した。桃子の後ろ姿をしばらく見つめ、神無はちいさく吐息をついて廊下を歩き出した。

考えまいとすればするほど思い出してしまう影がある。

印を刻んだ男、優しい手を差し伸べてくることなどないだろう残酷な鬼――。彼が十六年前に残したモノは、当たり前に訪れるだろう平穏すら乱していった。

きゅっと口を結んだ神無は、気持ちを切り替えるようにいくつも設置されている連絡用通路を探した。

廊下を直進したとき、右隣の壁が途切れ、なにかが蠢く気配がした。

「見ぃつけた」

ふいに女の声が聞こえてきた。感情の一部を麻痺させるような耳障りな声だった。神無はゆるりと視線を移動させる。

「鬼頭の花嫁でしょ？　ムカつく女」

「本当、全然たいしたことないじゃない。本物なの？」

嘲笑が神無の鼓膜を揺らす。通りすぎようとした階段には、制服を着くずした女子生徒が三人座り込んでいた。歪んだ笑顔は見慣れている。その意図も、今ならはっきりと理解できる。彼女たちが、もし〝鬼頭の花嫁〟という立場をほしがっているなら、神無はただの障害物だ。邪魔なら消せばいい――閉鎖的な空間で暮らしてきた彼女たちは、きっとどこか少しずつ常識を捨てているに違いない。

そうでなければ、目の前の光景はあまりにも不自然だった。

「少し痛いけど我慢してね？　これ、フォールディングナイフって言うの。刃を固定できるから、ミスはないだろうって言われてるの。大丈夫、すぐすむから」

女子生徒が折りたたみナイフの脇にあるちいさな突起を押す。すると、シンプルな装飾がほどこされたハンドルから鋭い光を放つ刃が飛び出した。彼女は刃をちらつかせ、神無に向かって聖女のように微笑んでみせる。

女子生徒がゆらりと立ち上がった。まるでそうすることが当然であるかのような、躊躇いの欠片もない動きで階段を下りる。だが、二歩目を踏み出した瞬間、女子生徒は前触れもなく足を止めた。

空気が張り詰めていく。

じわじわと広がっていく異様な気配に、神無に向けられていた刃先が小刻みに揺れはじめた。青ざめた女子生徒の手からナイフが滑り落ち、固い音を響かせながら階段でちいさくはねた。

楽しげに傍観していた女子生徒たちも、怯えて身を寄せ合っている。

神無は女子生徒たちに向けていた視線をゆっくりとめぐらせ、対極の位置――下りの階段で止めた。

ゆるやかな狂気を殺意で押し潰した男が、黄金色の瞳を神無に向け立っていた。

「――華鬼」

空気が震える。

鬼頭の名を持つ鬼は、己の名を呼んだ花嫁を無言で見つめた。何一つ言葉はないが、明瞭な殺意がちりちりと肌を焼いた。悪寒が背筋から全身へ広がり、細胞一つひとつを麻痺させていくようだった。

神無の手から滑り落ちた教科書やノートが廊下に硬い音を響かせる。

女子生徒は、ナイフを拾うことなく這いずるように仲間のもとに戻り、怯えた顔を階下に向けながら階段を上っていく。階段を上りきれば、その先は屋上に続く扉しかない。防犯のため施錠されているせいで逃げ場が断たれるとわかっているのだろうに、考えることを放棄したかのようにじりじりと上へ逃げていく。

神無は視界の端に女子生徒たちをとどめたまま華鬼を見た。

階段の途中で足を止めた華鬼は、怒りとも憎悪ともつかない眼差しを神無に向け続けている。

黄金の瞳がすっと細められる。神無はわずかに後退り、息を呑んだ。

身がすくむほど恐ろしいのに華鬼から視線をはずすことができない。神無はただ息をつめ、震える体を両手でしっかりと抱きしめまっすぐ彼を見つめ返した。

華鬼がひどく苛立っているのがわかる。だが、神無にはいまだその理由がわからない。神無を花嫁として選んだのは華鬼なのに、そして鬼ヶ里に呼んだのも彼であるはずなのに、向けられる一切の感情は荒んだものばかりだ。

「華鬼」

無意識に神無がその名を繰り返す。

その瞬間、彼の瞳の奥がわずかに変化した。鋭さは残したものの、殺意とは異なるあいまいな光が揺らめいたのだ。しかし彼は意図してそれを殺意へと塗り変え、再びきつく神無を睨みすえた。

時間さえ止まってしまったのではないかと錯覚するほどの静寂に神経が擦り切れる。これ以上はたえられない――そう思ったとき、華鬼が動いた。彼は足を踏み出し、階段を一段上る。反射的に、神無は後退した。

ここに来た目的は自分ではないだろう。なぜか神無は瞬時にそんなことを思った。わざわざ自分から捜し回って殺すほど執着してはいないはずだ。

神無は殺意の意味もわからないまま、自分にそう言い聞かせる。

そうでもしなければ、華鬼の感情に押し潰されてしまいそうだった。

校舎の三階は一年生の教室と空き部屋しかない。そこに彼が来たことへの疑問と、思い通りにならない己の体が、彼女を混乱させる。

言葉もなく立ち尽くす神無に向かって、華鬼が再び一歩を踏み出す。その動きと同時に後退した神無は、壁にぶつかるなり体をこわばらせた。

もと来た廊下を戻るか、それとも北棟に続く廊下を進むか――神無は壁に手をはわせながら逡巡した。

ふと冷気が去る。華鬼が神無から視線をはずしたのだ。次の瞬間には、すべての興味が削《そ》がれたように彼は身をひるがえした。

「華鬼？」

華鬼が視線を逸らすその一瞬、今までに見たことのない表情をしたような気がした。

人の表情など見る角度によっていくらでも変わる。ただの勘違いかもしれない。だが、そう思っていても、彼のその表情がひっかかり、神無の心の奥をかき乱した。

たとえ彼の心の内を知ったとしても、共感できるものではないだろう。それは今以上の苦痛を神無に強いるだけかもしれない。

苛立つ華鬼の背中からは、拒絶の意志だけしか感じ取れない。

深く関わらないほうがいい。あの男は危険だと、長い年月によってつちかわれてきた勘が神無自身に警告を与え続けている。にもかかわらず、神無は階段を下りていく彼を追いかけるように足を踏み出していた。

自分がどうして華鬼を追っているのかすら理解できず、神無は戸惑いながらも一定の距離をおいて彼の後ろをついて行く。

一階に下りた華鬼は、廊下を数歩歩いたところで立ち止まり、ゆっくりと振り返った。黄金色の瞳は射るように階上の神無に向けられている。

神無は階段を下りたところで足を止めた。

「――死にたいか？」

低く問いかける声音は、ぞっとするほど優しかった。

なにも答えない神無に、華鬼が再び歩み寄る。明確な殺意をまといながら近づいてくる彼を、神無は不思議なものを見るような眼差しで見つめた。

瞳の奥で、なにかが揺れる。それは殺意ではなく憎悪でもない、もっと別の感情。

「苦しい？」

神無のちいさな言葉に、華鬼の動きが一瞬止まった。

「なにがそんなに苦しいの？」

以前に一度した問いかけを、神無は再び華鬼に投げかける。残酷だと思っていた鬼の見せる動揺の色に誘われ、答えを知るのが怖いと思いながらも疑問が知らずに口をつく。

「華鬼」

「――黙れ。消えろ、お前はいらない」

華鬼は神無の前に立つなり腕を振り上げた。凶器にも似た指先は神無の首をめがけ、そのさらに下にある心臓を狙って振り下ろされる。

渾身《こんしん》の力を込められれば無事ではいられないとわかっていながらも、神無は自分を殺そうとする冷酷な男を見つめ、無心に彼の心を探した。すべてを拒絶する言葉と態度の裏にある本当の思い——それがきっと、彼が垣間見せる表情の正体なのだ。

逃げることを忘れまっすぐ顔を上げる神無に、華鬼の動きがわずかに鈍った。

彼の表情が微妙に変わる。神無はその正体を見定めようと目をこらした。だが、なにかを摑む前にゆるい風とともに視界が白に染まった。

「このバカガキが‼　自分の花嫁を本気で殺そうとするんは貴様だけじゃ！」

耳をつんざく罵声に身を引き、神無は熱を発する白い壁を見上げる。すぐにそれが鬼ヶ里の生徒であり、光晴であることを知った。状況が理解できない神無は、鈍い音が聞こえてきたことに驚いて、視界を遮る大きな背からその向こうを確認するように覗き込んだ。

忌々しそうに光晴を睨み付ける華鬼がいる。

「困った方ですねえ。本気でやりあわないと、お互いわかりあえないようですね」

柔らかさはあるものの険を帯びた声を発するのは麗二である。凄絶《せいぜつ》な笑顔を浮かべた彼は、白衣をはためかせながら足音もなく近づいてくる。

「手加減はせん。死ぬ気でかかってこい」

目の前の大きな背がうなるように華鬼に声をかける。それを聞いて、神無は慌ててシャツを摑んだ。背後からの予想外の行動に、光晴は仰天して神無を振り返った。

「なんや？」

「あ、あの、私が勝手についてきただけで、だから華鬼は……」

「……あんな、殺されかけたんや。ちゃんとわかっとる？」

「は——はい」

うなずいて顔を上げたとき、光晴の頭頂部付近に〝足〟が見えた。

「あ——」

「あ？」

神無の驚きの声を、光晴が律儀に反芻する。次の瞬間、彼の体が前のめりになり、その頭部には見まがう事なき〝足〟がのっかっていた。

崩れる光晴の体をよろめきながら支えて、神無は無表情にきびすを返す華鬼を呆然と見送った。加勢しに来た麗二も言葉を失って去っていく華鬼を見ている。

「て……！　クソボケガキ!!」

光晴が涙の溜まった目で振り返る。けれど、すでに華鬼は中庭に消えていた。

「逃げたんかい!?」

「ええ、颯爽《さつそう》と」

ぬるく笑って麗二が華鬼の去った方角を指さす。

「とめんかい!!」

よほど痛いのか、光晴は叫びながらガシガシと頭をさすった。

「いやあ、なかなかみごとなカカト落としで見とれてしまって。まさかジャンプしてあてるとは――意外と器用ですねえ」

「感心するところやない!!　神無ちゃんも神無ちゃんや！　自分殺そうとしとる鬼についてったらあかん!!」

神無は光晴に両肩を摑まれ大きく揺さぶられた。されるがままの神無ががくがくとうなずくと、光晴は溜息とともに彼女の体を抱きしめた。彼女は突然の行為に対応しきれず、動揺しておろおろと彼を見つめる。

「頼むし。ホンマ心臓に悪い」

悲痛に訴える息が首元にかかって神無は真っ赤になった。昨日プロポーズをされ、今日抱きつかれると、平静でいようとする心とは裏腹にどうしても意識して硬くなってしまう。

「光晴さん、どさくさに紛れていつまでもなにやってるんですか」

相変わらず不気味な微笑で麗二が光晴の肩に手を置き、いまだに神無にしがみつく彼を強引に引き剝がした。

「ええやん、ちょっとばかし」

「よくありません」

「麗ちゃんのドケチー!!」

神無の後ろに隠れた光晴は、彼女の肩越しに麗二を睨んで力一杯叫んだ。身をかがめて隠れるその姿はなかなか愛嬌《あいきょう》があり、緊張でこわばっていた神無の表情が自然とゆるんだ。

ここにいるのは味方だと納得した神無がようやく安堵して息をつくと、「ごめん」と謝罪する声が少し離れた位置から聞こえてきた。見れば、肩を落とし項垂れる少年が二人、階段の陰から出てきた。よく似た容姿の彼らは、ここにはいない水羽の庇護翼——森園兄弟である。

双子は神無に深々と頭を下げた。

「本当は俺たちが出ていって花嫁助けなきゃいけなかったんだ」

「でも、鬼頭が……」

「鬼頭が怖すぎて出られなくて！」

容赦のない威圧感は殺意を含み、そこにいる者すべてを呑み込んで増殖を続ける。逃げようと体が動くのは命を守ろうと本能が働くためで、生物としてごく自然の反応だった。

けれど、花嫁を守るためにある彼らにとって、任務を放棄した事実は庇護翼失格ともいえる失態であることは間違いない。恐怖で身がすくんで助けに行くことができなかったなど、庇護翼にとっては最低の言い訳なのだろう。

だが、麗二と光晴の顔に非難の色はなかった。

「なに言っとるんや。俺らを呼びに来たんは、ええ判断や。おかげで大切な花嫁守ることがでけたし。おおきに」

神無から離れて双子に近づいた光晴は、優しく笑って大きな手で二人の頭を同時に撫でた。

双子のこわばった表情がみるみる崩れていく。

「も、もう必死で！　近くにいる三翼、光晴と麗二だったから!!」

「間に合ってよかった……!!」

へにゃへにゃ座り込む少年に、光晴はなおも優しい笑顔を向けた。

「まだ庇護翼やるには日が浅いけど、ええ判断しとるし問題ない。ご苦労やったな」

「水羽だってまだ庇護翼やるには……！」

最年少で鬼頭の庇護翼になった主の名をあげ、双子は泣きそうに顔を歪める。主に倣ってずいぶん無理をしているらしい。

光晴は麗二と顔を見合わせ微苦笑した。

「水羽は別格や。あの歳で普通に庇護翼やっとるんやから、えらい器っちゅうか」

「末恐ろしいというか」

顎に手をやり、麗二も相づちを打つ。

「せやから無理せんでもええ。いつでも呼び。庇護翼はなんも花嫁のためだけにあるんやない。大切な者を守るためにおる」

その言葉に風太と雷太は顔をぐちゃぐちゃにし、ようやく緊張が解けたかのように照れ笑いした。

「にしても、問題なんは華鬼やな」

うなり声をあげる光晴に微笑し、麗二は素早くその腕を取った。

「今一番の問題は光晴さんですよ。腕の骨、ヒビが入ってませんか？　神無さんを庇《かば》って華鬼の一撃を受けたとき、すばらしくいい音がしましたが」

「いや、平気や。ほら全然――って、痛いやんけ!?」

左手で自分の右腕を掴んだ光晴はぎょっと目を剝いた。

「じゃあ神無さん、光晴さんが逃げないように腕を持ってください」

にっこりと言われ、神無はうながされるまま光晴に近づいて右腕を両手で掴んだ。

強打したらしい部分は赤みを帯び、見るからに熱を孕んでいた。

「久々に本格的なお客様なので腕が鳴りますねえ」

満面に不気味な笑みを浮かべた校医は、神無と双子、そして敏感になにかを感じ取ったらしい光晴を順に見た。

「雷太さん風太さん、教室に戻ってください。ご苦労様でした。では保健室に行きましょうか、神無さん。絶対放しちゃだめですよ」

弾む声が軽やかに命じたと同時に、光晴の悲鳴が長く廊下に響き、しばらくして消えた。

【二】

屋上へ向かうはずだった華鬼は、そのまま校舎のあいだに人工的に作られたちいさな森へと足を踏み入れた。わざわざ昇降口に行って靴に履き替えるのが面倒だったので、当然のごとく上履きのままだ。

昨日の女子寮の騒ぎで彼は睡眠不足だった。授業は二の次、いつものように静かに休める場所を探していたのだが、とんだ邪魔が入った。心の奥をどす黒く染めていく苛立ちは、いまだにそこにくすぶっている。

胸の奥がむかむかするのは寝不足のせいばかりではないだろう。

先刻まで目の前にいた少女の姿が脳裏をかすめる。拒絶すればするほど苛立ちは増し、それがよけいに彼の神経を逆撫《さかな》でした。

足を止め、間近に立つ巨木に向き直って拳を叩き込もうと構え——彼は、木の幹に真新しい傷を見つけて眉をひそめた。華鬼以外の鬼がこの場所で同じように苛立って木を痛めつけたらしい。鬼ヶ里高校には学生にも職員にもなれずに用務員として在籍する鬼も多く、彼らの手によって空き部屋は整理整頓がなされ、この鬱陶しいばかりの中庭も掃除の手が行き届いているのが常だった。

しかし、様子が違う。華鬼は辺りを見回す。

えぐれた木が数本、枝が折れたものまである。乱闘というほどではないが、誰かが故意に荒らしたかのようだった。

「やめてくれない？」

風が木々の枝を揺らしたと同時に静かな声にたしなめられ、華鬼はゆっくりと振り返った。

「生徒会長が学校を荒らす気？」

誰もが目を見張るほど美しい少女が、若草色のジャージを着た冴えない用務員を連れて立っている。彼は軍手をはめ、竹ぼうきとちり取りを握っていた。

少女は細い腰に手をあてた。

「お前の仕業か？」

華鬼は少女――生徒会副会長、須澤梓の後方にひかえた用務員に問いかける。どんなに冴えない男を演じても、身のうちに眠る鬼の血はそう簡単にごまかせるものではない。だが、用務員が口を開くよりも早く、辺りを見渡した梓が溜息を返してきた。

「バカなこと言ってないで教室に戻ったらどう？　〝鬼頭〟に学歴は必要ないかもし

れないけど、授業にまったく出ないのは問題よ」

「お前には関係ない」

言うなり華鬼は身をかがめて足元の小石を拾い上げた。あとは体が動くままに任せ、腕を大きくふりかぶる。

炸裂音《さくれつ》とともに悲鳴が聞こえた。白煙の合間から砕けた石が草の上に落ちていく。

華鬼は目を細めた。脆弱《ぜいじゃく》なふりをしても体は正直だ。用務員は梓の肩を摑むなり庇うように後方に押しやり、もう片手で華鬼が投げた小石を正確にとらえていた。

直撃すれば怪我どころではすまないほどの威力——怒りが向かってくるだろうと二人を眺めていた華鬼は、

「大丈夫ですか、須澤さん!?」

そんな一言で、男の興味が梓以外には向かないことを悟った。自失したまま、梓は長いまつげに縁取られた瞳を大きく見開きまっすぐ華鬼を見つめてくる。そんな彼女をひととき見つめ返してから華鬼は校舎から遠ざかるように歩き出した。

「須澤さん、どこか怪我でも？　しっかりしてください。保健室に行きましょう」

「平気です、……放してくれない？」

心配する鬼を突き放すような梓の声。そして、息を呑むような音が続く。

「そんなにも自分の花嫁が憎いの？　死を、望むほど」

澄んだ声が背を追いかけてくる。だが華鬼は、もう立ち止まることなく緑の中を突き進んだ。怒りを向けたかったのは梓ではなく、ましてや名も知らぬ鬼でもない。そんな心情を見透かされている気がして、腹の奥に溜まっていた不快なものが肥大していった。

鬼は群れることを嫌い、敵に対して情け容赦もないが、生来は情が深く、本能で花嫁を守る生き物だと言われている。だが、そんな鬼ばかりではない。

華鬼は学園の隅、人目に触れない木々のあいだに身を沈める。双眸は黄金に染まっていた。それは、憎悪という感情でいろどられた殺意の形、凶暴な獣の瞳だ。

なぜこれほど苛立つのか――原因は、わかっている。苛立ちを静める方法も、きっとわかっている。

華鬼は低くうなりながら、眼裏《まなうら》に刻み込まれた少女の陰影を押し潰すように黄金の瞳を伏せた。

「こんなところにいたのか」

どのくらいそうしていたのかはわからない。数分であったかもしれないし、数時間であったかもしれない。

深い眠りについていたわけではないのに記憶がひどくあいまいだった。

華鬼は耳朶《じだ》を打つ声に顔を上げ、視線をさまよわせて怪訝な表情をした。殺意がないのを知って放置していたのにわざわざすすんで接触をはかったらしく、目の前には見慣れぬ男が立っていた。華鬼は違和感に眉をひそめて必死で記憶を掘り起こし、そしてようやく目の前の男の名と、その立場を思い出した。

貢国一——華鬼が鬼頭の名を受け継ぐ前、それを名乗っていた男の庇護翼だった鬼だ。婚礼のとき、唯一立っていたのも彼であると記憶している。

「なんの用だ」

強い侮蔑を浮かべる瞳に問いかけると、貢国一は奇妙に顔を歪めた。

「恥さらしな鬼頭にあいさつしに来ただけだ。まったく、よけいなことばかりしてくれる」

大仰に肩をすくめた国一はすぐさま校舎に向き直って歩きはじめた。どうやらたいした用事ではなかったらしい。相手をするのが面倒になった華鬼が再び目を閉じると、彼の声が風に流されてきた。

「鬼頭の足場が固まる前に、あの娘を始末しないとな」

ざわり、と胸の奥でなにかが身じろいだ。


【三】


保健室から出ると、神無が廊下に放置したままだった教科書やノートを手に水羽が立っていた。息を弾ませた彼は、神無を見ると安堵して、その体を押し戻すように保健室に入ってきた。

授業を受ける気でいた神無は、水羽にうながされて丸椅子に腰かけた。

「ごめん、貢国一にひっぱられた。途中で消えたから神無をむかえに戻ったら、土佐塚に神無がいなくなったとか言われて」

「……動いてますかね？」

「どうやろうな。五分五分か」

「動くって、華鬼潰し!?　そんなの花嫁巻き込まずに自分たちで勝手にやってよ！ってゆーかさ、貢国一なんとかならないの!?　三翼としてどうあるべきか伝授してやるって何様だよ！　大きなお世話だろ!!　嫌味タラタラで文句ばっかりだし！」

いたくご立腹な水羽が拳を握るのを見て、麗二がぎょっと身を乗り出して手を広げた。「壁は殴らないでくださいね」と先手を打たれ、水羽はちいさく舌打ちして鼻息荒く拳をとく。

「貢国一、退学させてよ！」

「それは無理やろ。もともと鬼とその花嫁は形ばかりの試験で、下手したら無条件で入学できるのが鬼ヶ里や。貢あたりの実力者が入学するんなら学園側は大喜びやん」

「元三翼ですからねえ……もし誰かの花嫁を気に入って求愛したら、事実上、よりよい血が後世に残ることになりますから、むしろ積極的に受け入れてるというか」

「そんなの関係ない！　神無になにかあったらどうするの!!　〝上〟に抗議してさっさと退学させよう!!」

「今の状態なら事実確認できなきゃ無理や。それにあんまりコトを大きくしたら、そのまま神無ちゃんへの負担も大きゅうなる」

正論に水羽は押し黙る。ここでようやく神無は話の中心が自分であることに気づいて背筋を伸ばした。

「それに、退学させるなら華鬼のほうが先の気もしますしねえ」

「よけいにまずいやろ。華鬼は鬼頭やし、生徒会長やし、そんな前代未聞な措置したら、それこそ鬼頭の花嫁っちゅう立場で三翼に求愛されとる神無ちゃんが注目の的やん。華鬼はどうなってもかまへんけど、これからのこと考えれば神無ちゃんは高校卒業しといたほうがええし、どうしたって基盤ができとる鬼ヶ里《ここ》が一番安全や」

今ですら鬼頭の花嫁という立場のために視線にさらされる毎日だ。それが今以上にひどくなる——正直、ぞっとする状況だった。鬼ヶ里の外に出れば男たちに追われ、中にいれば争いのもとになる。とことん足をひっぱる自分が恨めしくなった。

「すみません」

神無は謝罪の言葉とともに頭を下げた。

「神無さんのせいではないですよ」

「そうそう。全部、華鬼が悪い。とりあえず授業に戻ろう。詳しい話はあとでね」

うながされて戸惑いながらもしたがう。光晴の腕は打ち身と診断されたが、それも神無を守ってできた傷だ。今もこうして水羽に付き添われて移動しなければいけない。神無は項垂れたまま水羽に誘導されて廊下へ出た。

北棟の廊下にたどり着くと、水羽は意気消沈する神無をちらりと見た。

「鬱陶しいだろうけど我慢してね。守りが薄くなるのだけはどうしても避けたいんだ。だから、不自由な思いをさせてごめん」

深謝《しんしゃ》する水羽に神無は慌てて首をふった。それに苦笑を返して彼は溜息をつく。

「光晴の言う通り、本来は鬼の花嫁にとってここが一番安全なんだ。ここを卒業すれば、自分の鬼といっしょに下の町に行く――鬼って地位によってお金が配給されるから、外に出て趣味で稼いで銀行にばんばん金を流し込んでるヤツもいるけど、多くは町に降りて役所や病院、警察の一部にまで紛れ込んで、協力しあって仲間の生活を支えてるんだ。花嫁はそこまでして守られる存在なんだよ。だから……本当に、なんでこんなことになっちゃったんだろうな」

水羽の視線が窓の外に向くと、語尾はどこか悔しげな調子で消えた。神無は彼の視線を追い、深緑の中に人影を見つけ、それを凝視してからちいさく声をあげた。

「華鬼」

眠っているのかもしれない。木に背を預けたまま緑に埋もれた彼は、目を閉じて身動き一つせずにじっとしていた。その表情に険しいものはない。

「華鬼のアレはね、ちょっと異常。本能に逆らって、なにもがいてるんだろうね、あの男」

どこか自嘲気味につぶやく水羽を見て、神無はもう一度華鬼へと視線を移す。

凶暴で残忍な感情の奥底に、なにか別のものを沈めたままそこにあり続ける鬼

──。

「あの人……」

「ん？」

神無にとって〝木籐華鬼〟の印象とは、誰からも求められ、羨望の眼差しを一身に受け続ける幸せな男だった。他者など意に介さず、己の欲求のままに振る舞い、それが許されてしかるべき者なのだ。

神無は窓辺に歩みよった。

「あの人、どうして苦しいの？」

華鬼は誰の目から見ても幸せであるはずの男だ。それなのに──なんの苦労もなんの不自由もないはずなのに、垣間見せた追いつめられるような表情はなんだったのか。

苛立ちとも、憎しみとも──ましてや、殺意とも違う。

「なにが苦しいの？」

零れ落ちた神無の疑問に、水羽は目を見張っていた。

「神無、わかるんだ……？」

ひどく驚いたように、水羽は華鬼を見つめる神無の横顔に問いかけた。それから表情を崩して笑顔をつくる。

「そっか、神無にはわかるんだ……そっか……それなら――大丈夫かな。うん、大丈夫かも」

一人納得し、水羽はうなずく。

「なんか、ほっとした」

そうつぶやいて彼はゆったりと歩きだした。慌てて窓から視線を引き剝がしてそのあとを追う神無にちいさく笑い、彼はどこか懐かしそうな表情で言葉をつむぐ。

「あいつね、本当はすごく優しいよ。少し不器用だけどね」

神無は自分の抱く印象とは違う水羽の一言に困惑した。深く知る術がないから優しいかどうか、不器用かどうかなどまったくわからないが、第一印象そのままに残酷な男だと思う。非情で冷酷で――鋭利な刃物のような男。

人を道具としてしか見ず、苛立ちを殺意で塗り固めた、悲しい鬼。

「ねえ神無、華鬼を好きになりなよ」

ささやきに、神無は耳を疑った。

「そうしたらね、きっと誰よりも幸せな花嫁になれるよ。あいつはね、神無を守るためにいるんだから。あいつだけが、神無を守れる鬼だから」

言葉を失って立ち尽くす神無を包み込むような優しい目で見つめて、水羽はうなずいてみせる。

胸に咲いた花がふいに熱を持つ。それは、呪いのように刻み込まれた鬼の花嫁の印、今まで彼女を苦しめることしかしなかった忌まわしい痣。

新たに刻まれた三つの花の中央には、大輪の妖花が鮮やかに咲き誇っていた。

「華鬼を……?」

神無は制服の上から燃えるように熱いその場所をそっと押さえた。

第七章　狂宴の夜

【一】

「いい？　絶対一人で行動しないこと。庇護翼だって万能じゃないんだから、神無がその気にならなきゃ、僕たちの守りは役に立たないんだよ」

水羽のまっすぐな言葉にうなずいたのは数時間前だ。神無は女子トイレに引きこもり、生徒たちが教室をあとにするまでじっと待った。

校庭から部活にいそしむ生徒たちの元気な声が聞こえてくると個室から出て、辺りを確認してから一年五組の教室まで戻る。

水羽には部活があり、彼と離れる口実は自然と桃子になった。まだ部活を決めていない者同士でいっしょに帰るから心配ないと、神無は彼にそう告げていた。罪悪感がチリチリと胸の奥を焼いたが、ごまかすように神無は手の中のものを握りしめた。

「は……驚いたな。バカなのか、好奇心が旺盛なのか」

教室のドアを開くと、前触れもなくそんな言葉がかけられた。神無は一瞬動きを止め、予想通り残っていた男に視線をやり、さらにもう一つの影に目をとめて息を呑んだ。窓辺には貢国一が、そこから少し離れた席に本を手に江島四季子が座っていた。部活があるだろう彼女が、いまだに教室に残っているのは不自然な気がした。

神無は両手に包んだものを一度握り直してから国一に近づいた。怪訝な顔をする彼に向かって手を差し出す。神無の手のひらにのった木彫りの人形を見て、彼は思わずといった様子で声をあげた。

「どこで……」

そう言ってから国一は舌打ちし、神無の手から人形を奪って再び声をあげた。今度のものはさっきと微妙にニュアンスの違う驚きの声だ。彼は手にした奇妙な人形を両手で慎重に持ち眉をひそめた。

「……壊れかけてなかったか、これ」

国一の独り言に神無は反射的にうなずいた。がたついていた部分があったが悪戦苦闘しながら一つひとつ直し、こびりついた汚れは柔らかい布を使って丁寧に落とした。やはりどう見ても不気味なものは不気味なのだが――むしろ、きれいになったせいで表情がいっそう冴えてさらに不気味な雰囲気になってしまったのだが――目の前の男は、その人形を見てどこか嬉しそうに目を細めていた。

「直したけどうまくできなくて、少し金具が歪んでしまって……」

「ん？　ああ本当だ。まあこのくらいなら全然問題な――」

そこまで言って国一はぴたりと口を閉じる。人形を両手で包み隠した彼は、取り繕うように咳払いした。その横顔はひどくばつが悪そうだった。

戸惑う神無は、鋭い視線を感じて四季子を見た。四季子は本をカバンに入れ、なにかを摑んでテーブルの上に置いた。それは、見覚えのあるフォールディングナイフだった。手入れの行き届いた優美な指先がハンドルをそっとたどり、指先がちいさな突起に触れる。その瞬間、背筋がぞっと冷え、神無は知らずに後退っていた。

国一の表情が厳しくなる。刻印の消し方について尋ねようとした神無の全身が、急速に変化した室内の空気に呼応してこわばっていく。

密度を増す空気。それが、ドアの開く音とともに大きく揺らいだ。

「朝霧さん!!　いっしょに帰りませんかっ」

ドアを開けたのは麗二の庇護翼である黄逗拓海だった。その後ろには江村一樹――

さらに、桃子までいる。

「ちょっと！　なにこの邪魔な人たち!?　神無と帰るのあたしなんだけどっ」

とっくに帰路についたはずの桃子は、カバンを盾に二人を押しのけて教室に入ってきた。

「帰る途中で早咲に摑まっちゃってさー、絶対に神無といっしょに帰ってくれって念押しに駄目押しされてさあ……って、なにこの顔《メンツ》ぶれ」

教室をぐるりと見回した桃子はおかしな面子に首を傾げ、四季子を睨みつけたあと神無の机から用具を取り出してカバンにつめ、体操服の入った手さげを持った。

「じゃ、帰ろっか。貢もはやく帰りなねー。そんな女といると性根が腐るよ？」

にっこり微笑んでとんでもない一言を残し、桃子はさっさと神無の手を引いて教室を出る。圧倒された拓海と一樹に笑顔を向け、

「で、送ってくれるの？」

あっけらかんとそんな質問をした。

教室に取り残された国一は呆気にとられてドアを見た。鬼の花嫁は守られることが

日常となりその態度は傲慢になりがちだが、土佐塚桃子という少女の反応は、傲慢ではなく自虐的というべき種類のように見えた。明るく振る舞っているが、根底はどす黒いような――。

人形を握りしめたまま思案していた国一は、室内にあるもう一つの気配が動くのにつられて視線を四季子に戻した。幸い、ナイフは珍客たちに見られなかった。だが、軽率な行動はつつしむべきだ。

第一、こんなところでナイフを振り回すのは愚か者のすることである。

「おい、どういうつもりだ。そんなものを部外者に見られてただですむと思うのか？　それに昼間のあれだって、俺は同意してないだろ。いったいなにを考えてる」

詰問のために国一が口を開くと、四季子は制服で隠していたナイフをカバンに滑り込ませてするりと立ち上がった。

「あなたがぐずぐずしてるからじゃない」

短く吐き捨て、それ以上の論議は無意味だと言いたげにカバンを手に立ち上がった。あとはもう、振り返りもせずにドアの向こうへと消える。名ばかりの仲間に溜息を落とし、国一はゆっくりと手を開いた。

古ぼけた木彫りの人形の全長は七センチほど、けっして精緻ではなく、むしろひどくできの悪いものだった。だが、彼にとって大切な思い出が染み込んだ品でもあった。

「結局、試作品のままだったな」

ぽつりと漏らし、笑おうと必死で努力するかのように顔を歪めた人形を見つめる。手作りの人形なんて柄でもないのに、たった一人の息子のために、〝彼〟は慣れない手つきで小刀を握った。長かった夏がようやく終わり、秋がゆっくりと深まりゆこうとする穏やかな日の午後、不格好な人形を見せ、彼は国一に真剣な顔で感想を求めてきた。

「成将、これはいくらなんでも怖いよ」

そう笑ったら、彼は至極真面目な顔で「そうか」とだけ返してまた人形をこさえるために木片と小刀を握った。人前で笑顔を見せることもできないほど寡黙な彼は、鬼頭の名をなによりも大切にする男であり、不器用ながらも懸命に息子を愛する父親でもあった。

校庭から聞こえる歓声と森から聞こえる蟬の声に耳を傾けながらぼんやりと人形を見つめていると、無造作に机につっこんであった携帯電話が軽やかに音を奏でた。国一は人形を手にしたまま携帯電話を取り出し画面を確認してから耳に押しあてる。

「どうした?」

『調査依頼の報告です。鬼頭の花嫁の父親ですが』

スピーカーを通して聞こえてきた声に、国一は思わず人形を見つめた。

『どうやら彼女が生まれる前に事故死していたようです。頼る親類もなく、庇護翼がいなかった花嫁なので周りとのトラブルが絶えなかったそうで、引っ越しもかなり頻繁に繰り返しています。近所づきあいは皆無、母子ともに親しい友人は一人も……』

「もういい」

とっさにそう返し、国一は返事を待たずに電話を切った。

わかりきったことだった。庇護翼のいない花嫁がまともに育った例など今までにただの一つもないのだ。刻まれた本人に自覚のないまま、色香はあらゆる異性を惹き寄せて誘惑し、狂わせる——まともでいるはずがない。どれほどの危険を、押し潰されそうなほどの恐怖を体感してきたかなど、今さら確認するまでもなかった。

魔がさしたのだ。調べなければよかったのだ。

「あれはいらない花嫁なんだ。早く、始末をしなければ」

鬼頭の名をそれにふさわしい鬼に与えるために、不要なものは一つずつ確実に消していかなければならない。華鬼に、今ここで足場を固めさせるわけにはいかないのだ。

国一は両手で人形を包み込んで額を擦《なす》りつけた。

なぜだろう――世界においていかれたように立ち尽くしていた過去の自分が、まだあのときからただの一歩も前に進んでいない、そんな気がした。

満月の夜に荒れ狂った桜の花びらが、胸の内側からあふれ出てきそうだった。

【二】

いたるところから聞こえていた歓声が消えると、校内は昼間の熱気をわずかに孕んだまま廃屋に似た静寂をまとった。

非常口を報《しら》せる緑と白の電灯、消火栓の赤が夕暮れと交じり合って闇の中にじわりと溶けて広がっていく。

華鬼は自室から回収してきた日用品の入ったボストンバッグを片手に廊下を見回し、見回りの用務員を器用にやりすごして職員室から鍵を失敬し保健室に忍び込んだ。ここなら消毒薬臭いのを我慢すれば、よけいな邪魔もなくのんびり一晩すごすことができる。鬼頭たる者がこそこそ隠れるように一夜を明かすのは不本意このうえないが、部屋が元通りになるまでは致し方ない。昼間に業者らしい男がやってきて現場を見て啞然としていた姿を思い出し、しばらくは帰れないことを覚悟した。

昼は食堂で空腹を満たしたが、夜はそんなわけにもいかない。調理場に行って適当に食料を見繕ってこようかとも思ったが、再び職員室に行くのも面倒だ。ドアを壊せばあとあと厄介で、結局彼は、自販機で甘ったるい缶コーヒーを一本購入し、二口飲んで捨て、保健室の硬いベッドに腰かけた。ゆるめに締めてあったネクタイに指をひっかける。いつもならシャワーを浴びて休むところだが、あいにくと運動部用に設置されたシャワールームは夜間は使えない。明日、登校時間に合わせてシャワールームに行く必要があるだろう。

散漫な思考を引きずりながら窓の外を見つめていた彼は、ふと胸騒ぎを覚えて立ち上がった。

闇の中、さらに深い闇が轟音をたてながら踊るように揺れていた。それが学園をおおう森が作った影だと気づくのに少し時間がかかった。

華鬼は森を見つめる。

やがて手を伸ばし、窓を開けた。

頭上に広がった灰色の世界に一瞬目が奪われた。地表であたためられた空気に森から流れてきた腐葉土のにおいが混じり、木特有の香りを鈍らせる。湿度を含んだ風が雨の香りを運んできた。

厚く垂れ込めた雲が光を孕むと、辺りに雷鳴が轟《とどろ》いた。

木彫りの人形を手の上でいじっていると、間近にある椅子がきしみをあげた。顔を上げ、椅子に腰かけたのが響であることを確認し、国一はもう一度顔を伏せる。

場所は男子寮二階、堀川響の私室である。その能力を高く評価され与えられた個室は、すっきりと無駄がなく機能的に整えられ、そのためかどこか味気なさがただよっていた。

「なに？　その変な人形」

服装はふだん通りだが、入浴をすませた響の髪は水気を含んでいた。つい昔の癖で手を伸ばすと、彼は邪険にその手を振り払った。かまうな、ということらしい。

「で？」

人形を顎でさされたが、国一はあいまいに濁してポケットにしまった。響は溜息をついて視線を窓の外に広がる闇へと向けた。嵐が近いのか、稲光が見える。

「本気で鬼頭の花嫁を狙ってるのか？」

響は空を見上げて問いかけてきた。

何気ないふうを装っても、響がこの件に興味を持っていることを国一は知っている。鬼たちの多くが、能力が高いというだけで傲慢に振る舞う華鬼を煙たがるように、響も彼を不要なものと判断している。機が熟せば響は自らすすんで罠を張り、一《いち》分《ぶ》の隙も慈悲もなく、周到に獲物を追いつめていくだろう。

鬼頭の地位は、いずれ響のものになる。

それを思うと、昨日までは確かに歓喜していた国一の喉は、ひりつくほど干上がっていった。

「花嫁は鬼にとってのアキレス腱《けん》だからな」

返事がないことを疑問に思ったのか、響はちらりと国一を見てそうつぶやいた。確かに響が言うように、鬼にとって花嫁は絶対の弱点だ。華鬼に関しては奇妙な噂を耳にしたし、花嫁に庇護翼をつけなかったりとおかしな行動が目に付いてはいるものの、過去の事例から考えれば一番に狙うのはそこだろう。華鬼の足場を崩すことを目的とする国一もここに着眼する一人だった。

それなのに、たった一言、過去の断片を耳にしただけでひどく狼狽えていた。花嫁は守られるべきものだとすり込まれ、三翼として細心の注意を払って十六年間の長きにわたり花嫁を守護してきた過去が、生々しくよみがえってくる。

危害を加えようとした国一自身に、その本能が花嫁を害するなと訴えかけてくる。

あまりにバカげた葛藤に失笑した。今は花嫁の過去を問題視するときではない。重要なのは、鬼頭の名を奪還し、それを正当な継承者に渡すことであるはずだ。

そのために、不要なものを。

「国一？」

不要であるはずのものを——。

「気分でも悪いのか？」

響の声にわれに返った国一は、床の一点を睨みすえていた視線を動かした。混乱する思考を振るい落とすように首をふり、不可解だといわんばかりの顔をする響に、かすれる声で「なんでもない」と返す。

動揺を気取られないように無理に笑って、国一は響を見た。

「そういえば、響の花嫁は？」

響の庇護翼も入学していることを思い出し、国一は話題を逸らせるために尋ねた。

だが、返事がない。自分の花嫁のことは話したくないのか、外に広がる闇を見つめている。なにかあったのだろうかと首をひねりつつ響の横顔を見つめると、父親である成将の姿が重なって、国一は瞠目した。腕の中にすっぽりおさまるほど幼かった響は、いつの間にか成将とその面影が重なるまでに成長していたのだ。感傷にひたって迷っている場合ではない。

国一はようやく胸の奥に滞留する奇妙な感情をねじ伏せた。

「鬼頭の名が手に入ったら、響が受け継げるよう三老に伝える」

「いらない」

即答に耳を疑った。

「いらない？　鬼頭の名を？」

問い直すと、窓に向けた顔を国一に戻し、響は再びはっきりと言った。

「俺には必要ない」

「どうして？　鬼の頂点を示す名だぞ？　お前は前鬼頭の息子で、十分に能力もある。これはお前にこそふさわしい名じゃないか」

国一は服の上から人形を押さえ、機械的に問いかけた。響は成将の子どもでたった一人の血縁者なのだから、最下層の鬼の子として生まれた華鬼が鬼頭を名乗るよりははるかにふさわしい。

響が鬼頭を名乗ったなら、他の鬼たちも反感など抱かずにこれを認めるだろう。

それなのに――。

「なにが気に入らないんだ？」

「ほしくないって言ってるだろ。理由が必要か？」

にべもなく言い放つ響の目には強い拒絶の色が見えた。それを目の当たりにして国一は驚倒した。そして同時に、そうかと納得する。響は〝鬼頭〟という名の価値がまだわかっておらず、だからこれほど才能と力がありながらも無頓着なのだと。成将は響が幼いころに他界してしまったから、彼は父がどれほど優れた鬼で、どれほど鬼頭の名を大切にしていたか知らずに育ってしまったのだ。

あまりにも不幸なできごとだった。

どう言えばうまく伝わるのかと思案している途中、携帯電話が鳴り出し、国一は眉をひそめジーンズのポケットから取り出した。

発信者を確認した国一は、響の部屋を出て耳に押し当てる。

「なんだ？」

『話したいことがあるの』

そう前置きしたのは四季子だった。電話ですむことならわざわざこんな言い回しはしないだろうと聡《さと》く判断し、国一は時計を見やった。あと五分もすれば八時だ。門限は八時半、会って話をし、すぐに戻らなければ寮長にどやされる時間だ。

「急ぎか？　明日でもいいだろ」

『今日でなきゃだめ。昨日の場所で待ってる』

電話は一方的に切れた。大切に守られて育てられた鬼の花嫁らしい、じつに傲慢で身勝手な行動だ。学園内では派手な行動をつつしむよう四季子に念を押すにはちょうどいい機会かもしれない。持ち物検査をされてナイフが見つかれば、当然のごとく問題になるだろう。これからを考えれば、思慮に欠けることをされて巻き込まれるのだけは避けたかった。

華鬼を鬼頭の座から引きずり下ろして終わりというわけではなく、彼にはまだやるべきことがあった。

国一は通話を切って響の部屋のドアを見つめ、溜息をつき長い廊下を歩き出した。

「刻印の消し方、か……」

ふと思い出した言葉を口の中で繰り返すと、苦いものが込み上げてきた。

刻印を消す方法は、果たして本当に存在するのだろうか——。

桃子といっしょに麗二の庇護翼に送られ職員宿舎別棟に帰り着いた神無は、それからずっと同じことを繰り返し考えていた。

「あの」

夕食後。

答えの出ない問いを繰り返すより誰かに尋ねたほうが早いと思い、神無は後片付けに精を出すもえぎの隣に並んだ。

「刻印は、消せるんですか？」

隣接するリビングでくつろぐ三翼を気にしながらの質問に、もえぎは少しだけ驚いた表情で神無を見て、それからフライパンを洗いながら首を傾げた。

「消せないと聞いてます。遺伝子が変異して、その影響で痣として刻印が出てるって話ですから……私が知ってるのは、印を刻んだ時期が早いほど鬼の影響を強く受けるんじゃないかってことくらいです」

すまなそうなもえぎに神無は慌てて首を横にふって礼を言い、気づかれないようにそっと息を吐き出して片付けを手伝った。

仮に三翼が知っていたなら、一番に方法を教えてくれたに違いない。三翼が神無に求愛した現状は、ゆえに彼らが刻印を消す手段を知らないことの現れなのだ。

ならば、貢国一の場合はどうか――。

彼は鬼ヶ里の外で暮らしていた鬼で、ここへ帰ってきたのはつい最近という話だ。嘘をついている可能性も十分に考えられるが、だからといって、完全に否定することもできない。万が一あの言葉が真実で刻印が消せるなら――鬼の花嫁でなくなるのなら、これ以上、誰にも迷惑をかけずにすむかもしれなかった。

無条件に守ってくれる三翼や母親が楽になれるかもしれないのだ。話を聞く価値はある。だが、国一と接触することを三翼はこころよく思わないだろう。相談しようかとも思ったが、懸命に守ってくれる三翼から逃げる算段をしているようでひどくうしろめたく、結局、切り出すことすらできずに思い悩んでしまう始末だ。

「どうかされたんですか？」

じっと考えているあいだ手が止まってしまったらしい。不審げな目を向けられ、神無はもう一度慌てて首をふって調理器具の水気を拭き取り所定の場所にしまった。

顔を上げた神無は、窓の外を見てちいさく「あっ」と声をあげた。

「神無さん？」

「なんでもありません。あの、おトイレ……っ」

不思議そうに見つめてくるもえぎにそう言い残し、神無はキッチンを飛び出した。

誰もついてこないことを確認し、エプロンをはずして傘立ての上に置き、そのまま外へと通じるドアに向かう。

胸が早鐘を撞《つ》くように高鳴った。一瞬で木に隠れてしまったが、見間違いではないはずだ。神無はドアをくぐり抜け、闇を孕みながら延々と広がる森を振り仰ぐ。

貢国一が、そこにいるはずだ。

【三】

森の中に足を踏み入れてから、神無は予想以上に視界が悪いことに気づいた。

厚い雲におおわれ月明かりもないせいで、昨日歩いたときよりもはるかに歩きづらい。明かりを借りてこなかったことを、神無は早々に後悔した。しかし、借りれば理由を説明しなければならなくなる。

神無は振り返り、光で満たされた職員宿舎を見て肩を落とした。

視界が悪いといってもまったく見えないわけではない。神無はそう思い直し、近くにある木へ恐る恐る手を伸ばす。

幹は昨夜とは違い湿り気を帯びていた。ふと視線を上に向けると、うごめく葉陰の隙間から覗く空が光り、わずかに間をあけて雷鳴が轟いた。

神無は思わず肩をすぼめる。落雷は遠いが、雲の中で放電しているのか光がいたるところに散っている。このぶんではすぐにでも雨が降りだすだろう。早く国一を見つけ、昨日の言葉の真意を尋ねなければならない。しかし、視界が悪いうえに雷鳴でたびたび足が止まってしまった。これでは国一に追いつくことさえ難しい。

もし仮に国一に追いついたとして、質問に素直に答えてくれるだろうか。婚礼のとき強い拒絶と怒りを向けてきた相手だ。教室で彼のまとう空気が危険なものからそうでないものに変わったのを見てここまで来てしまったが、あれは彼が人形を手にしてようやく見せた変化だ。人形に向ける眼差しは、庇護翼がそそぐ深い慈愛にも似て優しげな光を含んでいたが、当然ながらそれは万人に対するものではない。

神無が危険な立場であることに変わりはないのだ。

どうしようかと足を止めたとたん視界が明るくなり、直後に訪れた雷鳴と地響きに飛び上がるほど驚いて、彼女は近くにある木にしがみついた。いつもなら耳をふさいでやりすごすのだが、足場が悪いせいで対応が遅れ、過敏に雷鳴に反応して滑稽なほど大げさな動きになってしまった。

神無はちらりと空を見て、ゴロゴロと音をたてる雲に身を硬くした。

「おい、いつまでしがみついてる気だ」

触れたものが木にしては柔らかくあたたかいと思ったとき、頭上から困惑した質問が降ってきた。聞き覚えのある声にぎょっとした神無は声にならない悲鳴をあげる。摑んでいたものから手を離し、バランスを崩してしゃがみ込んだ。

目の前には、貢国一が立っていた。

「……なんでここにいる？」

奇妙な表情をした国一の姿が雷光に浮かび上がった。ひそめた声に緊張がにじみ、せわしなく辺りをさぐる姿からなにかを警戒しているのがありありと伝わってくる。国一自身から危険なものは感じないが、彼の動きから、危機は別のところにこそあるのだと直感する。鼓動が速くなる。すぐにでもここから離れたほうがいい――そう判断して立ち上がり、数歩後ろにさがったとき当初の目的を思い出した。

「刻印の消し方を教えてください」

激しい雷鳴にかき消された声は、幸いにも国一の耳には届いたらしい。彼は驚いたように目を見張ってから失笑した。

「本気にしたのか？　そんな方法があったらとっくにやってる。罠だって気づくだろ、普通」

小馬鹿にした口調で言った国一は、呆れ顔で肩をすくめた。神無の胸に、やはりという思いと落胆が混じり合い、うつむいたときには溜息となって口から漏れた。

これ以上長居する必要はないときびすを返すと肩を強く摑まれる。反転した神無の体が衝撃をともなって木に押さえつけられた。

「罠だって言っているだろう。逃がすと思ってるのか？」

わずかな風圧と鈍い打撃音は真横から聞こえた。背後の木に国一の拳がめり込んでいるのに気づくと、頭上で大きく枝が揺れて葉擦れがうなり声のように耳朶を打った。それは、あたれば頭蓋が砕けるほどの力が込められた一打、威嚇のためのものだ。

「ここで始末すれば、死体を運ぶ手間がはぶける」

笑みとともにささやく内容はひどく陰惨だった。だが、神無の心には微塵の恐怖もなかった。間近にある黄金の瞳には以前と変わらない強い敵意と、そして同じだけの動揺が隠れていて、どこか頼りなかったのだ。

じっと目を見つめ返していると、国一があからさまに視線を逸らした。やはりなにかが変わったのだと神無が奇妙に納得していると、彼は焦燥して舌打ちする。

「──なんだ。首尾よくやってるんだな」

国一の様子が急転したのは、雷鳴の合間に聞こえたそんな一言によってだった。闇に溶けるような声。神無の胸がどっと音をたてた。彼女の視線は知らずに闇をさまよい、ほどなく一人の男をとらえた。

神無と同じ場所を見て、国一も息を吞む。

「響……どうして、ここへ」

「お前の様子がおかしかったから捜してやったんだ。……ふうん？　護衛もなくのこのこやってきたの？　見目も、頭も悪いわけか」

神無に侮蔑の眼差しを向け、響は闇色の目を細めた。それを見て動いたのは国一だった。まるで神無を隠すように体を移動させ、まっすぐ響に向き直った。

「違うんだ、響」

「違う？」

「俺が鬼頭の花嫁を呼び出したわけじゃない……それに少し気になることがあって」

剝き出しの敵意は鳴りをひそめ、国一は当惑して言葉を探す。そんな姿に驚いて神無が視線を上げた──その直後、彼女の体は彼女の意思に反して後退し、木の根につまずいて大きく揺れた。

ぶざまに尻餅をついた神無は、けれどすぐに立ち上がることができずに視線を闇へ投じる。ぞっと背筋が冷え、皮膚が泡立つ。異様な空気の揺らめきが巨大な闇の中からゆっくりと近づいてくるのがわかった。

直後、胸中で狂ったように警鐘が鳴った。

「驚いたな、とんだ来客だ」

神無の異変に気づいた響はいぶかしんで彼女の視線を追い、楽しげに低くつぶやく。一瞬で瞳は鮮やかな黄金色に転じ、響は稲光に浮かび上がった男を睨みすえた。

「華鬼」

神無はわれ知らず呼びかける。

伏せられた華鬼の瞳も稲光の中で冷たい黄金に染まっていた。

敵だ、と神無は一瞬で解する。

ここにいる三人は、まぎれもなく神無の生命を脅かす敵だ。周りにこれ以上迷惑をかけないように取った行動が、確実に彼女を窮地へと追いつめている。

「ちょうどいい。確かめさせてもらうよ」

稲光の中、笑みを浮かべた響が足を踏み出した。確かめる、なにを——彼の言葉に疑念を抱いた神無は、響が敵視する華鬼ではなく自分に向かって歩いていることに気づき、這いずるように後退した。害意を抱いて近づいてくるのに、響の表情には敵意も殺意もなく、ただ純粋な好奇心が覗いていた。そのギャップがひどく不快で恐ろしかった。

殺されはしないだろう。神無は瞬時に悟る。この鬼は神無を殺さない。けれど、死んだほうがましだと思える状況が待っているに違いない。呼吸することさえ忘れ、神無は青ざめた顔で響を見つめた。

人形のように整った顔が、雷光に青白く微笑んでいる。

危険な鬼を前に動いたのは、華鬼だったか国一だったか——。

「それ以上近づくんやない」

次に聞こえた叱責《しっせき》は、そこにいた誰のものでもなかった。驚いたように足を止めた響は、ふと笑みの種類を変え闇から飛び出してきた影を見すえた。

光晴である。そのあとから暗闇にいっそう妖艶になった顔を歪ませた麗二が現れる。

「ああ、今日は森のにおいがきつい」

「おかげで神無を捜すのに苦労したよ。——どうやったらこのメンバーが集まるの？」

夜陰から飛び出すなり神無を守るように響の前に立ちはだかった水羽が、華鬼をはじめとする顔ぶれに呆れ気味につぶやいた。それから肩越しに神無を見て、「お説教はあとね」と軽く睨む。肩をすぼめた神無は、次の瞬間、近づいてきた光晴に軽々と抱き上げられてぎょっとした。

「昼間といい、実は結構行動派なんか？　心臓もたんわ」

「鈴をつけておかないとだめですかねえ」

「麗ちゃんホンマにやりそうやな……立てるか？」

真っ赤になってうなずくと、光晴は抱き上げていた神無を下ろし、あらためて対峙する鬼たちを眺めて意外そうに目を見開いた。

「神無さん、ここからなら女子寮か職棟が近い。——一人で行けますか？」

「なんやえらい面子がそろっとるからな。守りながらはキツイんや」

暗に逃げろと語る麗二と光晴が、息を呑む神無に真剣な眼差しを向ける。確実に増してゆく警鐘と圧迫感に、神無はきゅっと唇を噛んでから深々と頭を下げた。

「すみません」

「気に病むな。庇護翼はどんなときでも花嫁を守るんが役目や。それに、こういうのは嫌いやない」

内に眠る鬼の血ゆえか、光晴の声はどこか楽しげだ。不快なほど湿度の高い風にうながされるようにきびすを返すと、背後から草を踏む音とともになにかがぶつかる鈍い音が聞こえてきた。苦痛をこらえるような低いうなり声に神無はぎゅっと目をつぶる。振り返れば立ち去れなくなる。立ち去らなければ、彼らの迷惑になる。

神無は小刻みに震える足を踏み出した。

一歩踏み出すと、あとは思ったよりスムーズに体が動いた。途中で立ち止まり、外灯を捜して森を見渡し、重い足を引きずるようにまた歩き出す。

起伏の激しい森には、障害となるものが多く存在して幾度となく足を取られた。ときに木にすがりついて体勢を立て直し、神無は息を弾ませながら前進した。何度かめまいが襲ってきたが、座り込んでしまうと歩けなくなりそうで必死でこらえる。

奇妙なことに警鐘はいっこうにやむ気配がなく、むしろひどくなる一方だった。

神無は違和感に混乱しながら荒い息をつく。

もう一度辺りを確認したとき、間近でなにかが動く気配があった。

振り返るとほぼ同時、上半身に鈍い痛みが走った。視界がぐらりと大きく揺れ、次の瞬間、神無の体は激しく地面へ叩きつけられた。

悲鳴が喉の奥で潰れ、稲光と雷鳴が同時に世界を満たす。

「せっかくのチャンスだったのに」

声が聞こえた。ひどく気味の悪い声だった。木の根に肩をぶつけた神無がうめきながら顔を上げると、黒い塊が目の前に移動してきた。間断《かんだん》なく続く雷がすぐさまそれを照らした。

「やっぱり私じゃないとだめなのね」

――鬼がいる。

美しかった顔を醜く歪め、そして微笑む――鬼が、いる。

真っ赤な唇が引き上がって憎悪に燃える瞳が細められると、再び雷光とともに耳をつんざくような雷鳴が轟いた。異様なほど鋭い光が、たたずむ〝鬼〟の手からこぼれ落ちる。

「知ってる？　鬼ヶ里は外界から隔離され、彼らのあいだだけに通用する常識があるの。その中で花嫁は絶対に守られるべき存在なんですって。すばらしいと思わない？それならどんな罪を犯しても、私は守ってもらえるってことよね」

ゆるりと膝を折り、日本人形を連想させるほど整っていた顔をいびつに引きつらせ、鬼がささやく。狂気をにじませた表情に、神無の体は麻痺したように動かなくなった。

「江島さん……」

「ねえ、そうでしょ？　だからあなたは、わざわざ私のために来てくれたんでしょ？　ちゃんと泣くふりくらいしてあげるから心配しないで。そうしてね、あなたがいなくなったその場所に、今度は私が行くの。鬼の花嫁の頂点よ」

鬼の顔で四季子が笑《え》んでいる。手にはしっかりとナイフが握られ、それが度重なる雷光に反射して幾度も冷たい光を放った。四季子は四つんばいで歩き、転倒したまま上半身を起こす神無に馬乗りになってナイフを握り直した。

「心臓をはずしても怒らないでね。大丈夫、花嫁も鬼と同じで血液に型がないのよ。どんなに泣きわめいたって輸血できる血がないんだから、最後にはちゃあんと失血死できるわ」

罪の意識など欠片もない声音でそう告げて、四季子は神無の心臓の位置を確認するかのように指を伸ばした。うなりをあげる空から、ようやく思い出したかのようにはじめのひとしずくが落ち、それが瞬く間に豪雨となって森をおおった。

四季子がナイフを振り上げた。神無は急所を守るため懸命に体をひねる。

神無が目をそむけた直後、雷鳴より鋭く男の声が聞こえた。

「やめろ」

「待て、その女は――」

視界に入ってきたのは、ナイフを握ったまま振り上げられた白い腕を、息を弾ませながら摑む国一の姿。そして、自由になっているもう片手をとっさにパンツのポケットに差し込む四季子の姿。

「ごめんなさい」

謝罪とともに四季子がポケットから引き抜いたのは、右手に握られているものと同じ型のフォールディングナイフだった。刃がハンドルから飛び出すと、四季子は体をひねって左腕を背後に回した。

国一の顔が苦痛に歪む。四季子の右腕を摑む彼の手から力が抜けていく。

「少し悩んだんだけど、やっぱり一人でやることにしたわ。だってあなた、私の足をひっぱりそうだったんだもの」

悪鬼のごとき笑みで宣言した四季子は、ゆるんだ国一の手から己の腕を奪うようにしてふりほどき、肘を軸にして垂直にナイフを下ろし――振り切った。ほんの一瞬のできごとだ。雨に濡れる草の上になにかが落ち、あたたかい飛沫《ひまつ》が雨に混じる。

国一のうめき声が、聞こえた。

「邪魔しないで。本当は、私のことを知ってる貢くんだけ先に消そうと思ったんだけど——朝霧さんが来てくれたから、手間がはぶけちゃった」

四季子が左手で握るナイフは血で汚れていた。腹部を押さえて体を丸める国一に肩越しに目をやった四季子は、満足そうに微笑んで神無に向き直った。胸中で鳴り狂う警鐘が限界に達した。やはり彼女もどこかが狂っているのだ。そう思うことで錯乱しそうな精神をなんとかたもち、神無は四季子を見上げる。

「どうしてそんな目で私を見るの？」

奇妙なほど首を傾げてささやき、四季子は腕を振り上げる。べったりと付着したナイフの血は雨で流れ、稲光の中で気味の悪い光を放つ。

ナイフは、渾身の力を込めて振り下ろされるだろう。正気とは思えない四季子の様子にそう確信し、神無は懸命に足をばたつかせ、四季子の下から這《は》い出《で》ようともがいた。しかし、体どころか両腕まで四季子の足に押さえつけられている状況では上半身をひねることが精一杯だった。

「さよなら」

うっとりと四季子がささやく——その声が、唐突にぶれた。雷光に青白く染まる視界の中で、四季子の影に別の影が突進し、その直後、神無の両腕と腹部の圧迫が去った。混乱したまま体を起こす神無の指先になにかが触れる。摑んだのは、不気味な笑みを刻んだ人形だった。

「行け」

苦痛にかすれる国一の声に、神無はよろめきながら立ち上がった。折り重なるように倒れていた国一が、首だけひねって神無を見る。血塗《ちまみ》れの国一に押し倒された四季子は驚きに目を見開き——すぐにその顔を怒りでこわばらせた。

「どきなさいよ」

四季子が手にしたナイフが視界から消えると国一が苦しげにうめいた。神無が慌てて手を伸ばすと、国一は神無を睨んでもう一度「行け」と命じた。

「でも」

「いいから行け。……それ、汚すなよ」

苦しげに眉を寄せながらも皮肉っぽく微笑み、国一は顎をしゃくって人形をさした。大切なものなのだとなんとはなしに理解し、神無は両手で人形を包んだ。

国一が森にやってきたのは四季子に会うためだったのだろう。そして、国一がしきりに気にしていたのも四季子だったに違いない。鬼たちがいがみ合う中、彼は危険を冒してまで神無を捜しに来てくれたのだ。

「人を呼んできます」

「待ちなさい！」

駆け出す神無の背を四季子の金切り声が追いかけてきた。

ぬかるんだ大地や木の根、石に何度も足を掬《すく》われながら、それでも神無はただがむしゃらに前進した。国一の体からしたたり落ちた血は四季子の服を赤く染めていた。

いくら人とは違っても、傷が深ければ動きが鈍り、死すら招き寄せるに違いない。

神無は明かりと救いを求めて雨の森を突き進み、人工的な強い光をあてられてとっさに顔をそむけた。

「神無さん？」

もえぎの声だ。いつの間にか雷はやみ、豪雨は霧雨《きりさめ》に変わっていた。

緊張が解けたようにその場にへたり込んだ神無は、懐中電灯を手に駆け寄ったもえぎが自分と同じようにずぶ濡れであることに気づいた。

「無事でよかった……気持ちはわかりますけど、あんまり無茶をしてはだめですよ」

責めるのではなく労《いたわ》るような口調で言ったもえぎは、神無を抱きしめてほっと安堵の息をついた。緊張と恐怖で凍えた体にじわりと熱が染み込んで、神無ももえぎの肩に顔をうずめる。

「すみません」

神無が謝罪の言葉を口にすると、もえぎがちいさく笑った。

「神無さんの様子がおかしいって伝えたら、三翼が真っ青になってリビングを飛び出していきました。内緒ですけど、花嫁はそのくらいでちょうどいいんです」

声にどこか意地悪な響きが混じる。驚いて顔を上げると、もえぎはすでにいつも通りの笑顔で立ち上がり、神無に手を差し出した。

「三翼には会えなかったんですか？　困ったわ……携帯電話、繋がるかしら。とにかくいったん戻りましょう」

もえぎに誘われ、神無は慌てて首を横にふる。そしてきょとんとするもえぎの手を取り、来た道を戻りはじめた。

「どうしたんです？」

「私を助けてくれたひとが、怪我をして」

「……三翼――では、ないのですね？」

すぐになにかあったのだと悟ったのか、もえぎの声は硬かった。

あの出血――国一の怪我は、長く放置していいものではないだろう。だが、正気とは思えない四季子がいるのに二人だけで戻っても大丈夫なのか。もしかしたらもえぎまで危険にさらしてしまうかもしれない。神無は胸が張り裂けそうなほどの不安をかかえて振り返る。そんな神無に、もえぎはなにかを察してうなずき、先をうながすように手を強く握り返してきた。

神無はそのぬくもりに勇気づけられ、再び足を踏み出す。なぜ国一が助けてくれたのか神無にはよくわからなかった。人形を手にした彼は、以前の彼とは少し違った。けれど、身を挺《てい》してまで神無を救う理由など、きっと彼にはなかったはずだ。

それでも追いかけ、凶刃から守ってくれた。

武器になるだろうか、そう悩みながら神無はもえぎと繋いでいた手を離すなり木の枝を拾い上げる。驚くもえぎにうなずいて、右手に武器を、左手に人形を握りしめ、何度か足を止めて場所を確認してまた歩き出す。しかし、どれほど歩いても国一と四季子の姿は見えなかった。

押し殺した不安が胸から零れ落ち、神無は立ち尽くす。

「神無さん、もう帰りましょう」

「でも、確かに――」

この森のどこかにいるはずだ。深手を負い、礼も言わぬまま別れた鬼が、確かに。

「どうして」

懐中電灯の明かりを頼りに辺りを見わたした神無は、足元の草が踏み荒らされていることに気づいた。心臓が大きく跳ね、動揺で全身が震えた。草には、なにかを引きずったような跡が続き、それは森の途中で完全に途切れていた。

いったいなにがあったのか、それ以上の痕跡がない。愕然とした神無は手にした木の枝を取り落とした。

左手の中には昨日と同じく、木彫りのちいさな人形だけが握られていた。

終章　夢の終わり

子どものころに見た夢は一度として幸せなものがなかった。いつも誰かに追いかけられ逃げ惑う夢か、自身が地中深くに埋められる夢、足に根がはりつきひどく醜い植物が全身をおおっていく夢——目覚めると、おおよそ疲れ果てていた。

つきまとう倦怠感《けんたい》は絶えることがなく、体を休めるはずの行為ですらときとして苦痛をともなう。だから神無は目を開けた直後、いつになくすっきりとした目覚めに動転し、自分が眠っていたことにすら気づかなかった。

状況を理解できない神無は、妙な具合にでっぱった天井をしばらくぼんやりと見上げ、視界の端に映る黄色い物体に興味を引かれて首をひねる。間近には真っ黒な瞳と鮮やかなオレンジ色のくちばしが印象的なアヒルのぬいぐるみがいた。隣には犬を模《も》したぬいぐるみ、さらに子ブタやクマ、フグ、イルカなどもある。それは薄暗いアパートでは見ることのできなかった、色とりどりのぬいぐるみたちだ。

神無はぬいぐるみを引き寄せ息をついた。可愛らしい姿と柔らかな手触りが心地よく、彼女は表情をやわらげて頬をすり寄せる。

ふと、なにかが脳裏をかすめた。

淡い桜色の、ちいさな——。

「……うさぎさん」

そうだ、と神無は胸中で続ける。昔一度だけ、母が誕生日プレゼントにぬいぐるみを買ってくれたことがあった。幼かった彼女ははじめてもらった贈り物が嬉しくて、大切な宝物であったぬいぐるみを肌身離さず持ち歩き、ずっとそばに置いていた。

あれはいったいどこに行ったのか。

神無は鈍い思考をかかえながらゆるりと寝返りをうち、硬直した。

「おはよ。よく眠れたみたいだね」

ベッドに寝そべって頬杖をついた少年が、どこかいたずらっぽい光を宿した目を細めて神無を見ている。寝返りの際に肩が触れ合い、神無は真っ赤になって体を引いた。

「こ、こ、こ……っ」

「ここは三階。僕の寝室の、ベッドの上。もっと警戒されると思ったんだけどね」

穏やかな笑みの中に苦笑らしきものが見え隠れする。確かに、三翼の部屋に順番に泊まるともえぎから聞き、麗二の部屋、光晴の部屋の次は当然のことながら水羽の部屋になるわけだが、年頃の男女が二人きり、しかも同じベッドを使うというのはあまりに問題があり、もともと神無はこの宿泊自体断るつもりだった。

それなのに、なにを間違えればこんな状況になるのか。

両手にぬいぐるみを抱きかかえ、神無は混乱したまま体を動かして少しずつ水羽との距離をとる。

「昨日、本当は説教するつもりだったんだよ。だけど神無、錯乱状態でそれどころじゃなくて……だから、落ち着かせようと思って紅茶にブランデー混ぜたら、今度は完全にまわっちゃって、ぬいぐるみに夢中になってやっぱり話にならなくて——ちょっと入れすぎたかな。まあ可愛かったからいいけど。あ、それ全部もらったやつね？よく贈られるんだ。嫌いじゃないから受け取ってたら増えた」

水羽は、ベッドの上に置かれたぬいぐるみを顎でさし、一部独白を交えながらそう言って溜息を落とした。

「結局最後はぬいぐるみに抱きついて寝ちゃったし。……なんで僕じゃないんだろ」

眉をひそめて不満げに水羽がつぶやく。それでもその眼差しは優しく、着実に遠ざかる神無をどこか楽しげに見つめている。そろりと身を起こしてベッドから下りた神無は、ほっと安堵の息をついた。さらに数歩後退してなにかにぶつかり、振り返って声をあげる。明るい色調の部屋の中央に抱きしめたらさぞ気持ちよさそうな、大きなクマのぬいぐるみがちょこんと座っていた。黒く丸い目にきゅっと笑みを結ぶ口元、ひとかかえはありそうな胴体に太く短い足――昨日はじめて見て、水羽が言うように夢中になったぬいぐるみが変わらずそこにあった。

緊張していた神無の表情が柔らかくなる。

吸い寄せられるようにクマの前に座り込み、かかえていたぬいぐるみたちといっしょに抱きしめる。太陽のにおいがするぬいぐるみはふわふわで、その感触が心地よく、神無は何度も頬をすりよせた。

「本当に気に入ったんだね。あげようか？　それ」

状況を忘れてなごんでいた神無は、耳元をくすぐる声にはっと目を見開く。いつの間にか間近にやってきた水羽は、神無の顔を覗き込みクマの頭を撫でた。鬼はもともと端正な顔立ちの者が多く、目の前にいる少年も少女と見まがうほど可憐で、警戒心というものの存在を忘れさせてしまうほどだ。さほど緊張せずにいられたのは、彼の持つ雰囲気と風貌のおかげだったのかもしれない。

そろりそろりとクマから離れて正座すると、水羽が柔らかく苦笑を浮かべた。仕方がないなあと、そんな言葉が聞こえてきそうな笑みだった。向ける視線の優しさは庇護翼としてのものなのか、それとも自らの花嫁に向けるものなのか——神無はどうにも落ち着かず、ぬいぐるみたちをきちんと床に並べ、あらためて居住まいをただした。

「あげるにしてもクマは大きすぎるかな」

運ぶのに苦労するとふんだのか、水羽は神無とぬいぐるみを見比べ、昨晩、二つ並べて使っていたダックスフントのぬいぐるみ型枕の一つを持ち上げ、不思議そうにしている彼女の目の前へ戻ってくる。

「これならいいでしょ？　僕とおそろい」

起き抜けの頭には強烈な、輝くような笑顔で問いかけてくる。見とれていた神無は反射的に両手を広げた。水羽はその胸にダックスフントを抱かせて再度「あげる」と口にし、次に棚からなにかを摑んで神無に差し出した。

水羽の手の上には、木彫りのちいさな人形があった。

「金具が曲がってたから直しといたよ」

「あ、ありがとう」

「それって神無の？　変わった趣味だね。なんか」

呪いの人形みたい、と続きそうになる言葉を、水羽はなんとか呑み込んだらしい。自分のものではないがうまく説明することもできず、神無は深く頭を下げて硬くちいさな人形を受け取った。神無にとってこの人形だけが、昨日の一件が夢でないことを知らせる証拠だ。そっと人形を撫でてから両手に包んで顔を上げると、目の前には先刻と変わらず水羽の優しい眼差しがあった。

まっすぐな瞳は真摯でよどみなく、深い慈愛さえ感じることができる。それは、麗二や光晴がときおり神無に向けるものととてもよく似ていて、同時に、雷光の中で国一が見せた瞳と通じるものがあった。

神無は息を呑む。昨晩の場景《じょうけい》がまざまざと脳裏によみがえった。

国一は敵だ。少なくとも、神無はあの一瞬までそう思っていた。それなのに、苦痛に歪みながらも神無に向けられた瞳は、庇護翼が花嫁に向けたときのものとあまりに似通っていた。

「神無？　調子悪いの？」

水羽に問われ、神無は混乱しながらも慌てて首をふった。国一は神無を守る鬼ではないが、それでもあのときの彼は、害をなす鬼としてではなく庇護翼としてそこにいたのかもしれない——今になって、神無はようやく気づく。

「昨日の、……森にいた、敵は」

「堀川響と貢国一？　それが、僕にもよくわからないんだ。途中で消えたから」

水羽は争いの発端となった神無を責めることなく難しい顔をつくって虚空を睨み、言葉を選ぶように続ける。

「貢国一がいなくなって、次に堀川響が消えた——って感じかな。鬼の五感って人間以上だから、あんな悪条件はこっちも願い下げだけど……華鬼も途中で飽きて帰っちゃうし、本当、あいつらなにがしたかったんだか。おかげで打ち身以上の怪我人はなし。安心した？」

にっこり微笑みながら問いかけられたが、神無にはどう返していいのかわからなかった。重傷者はいたはずだ。少なくとも、国一は神無を助けるために深手を負っているはずなのだ。

目の当たりにした光景を思い出し、背筋が冷えていく気がした。

神無は立ち上がり、不思議そうな顔をする水羽に制服の所在を訊くと顔を洗って服を着替え、部屋を出た。森には手がかりがなかったが、学園になんらかのヒントがあるかもしれない。

四季子ならあるいは、という気がした。

「おはようさん。風邪ひかんかった?」

「おはようございます。平気です」

神無は玄関に向かう途中、あくびをかみ殺しながら乱暴に髪を整える光晴に声をかけられ、端的に答えてそのままドアノブに手を伸ばした。

「って、どこ行くんや、朝メシまだやろ?」

口を開く前に「朝ごはんは一日の活力の源やん」と軽く睨まれ、ずるずるとダイニングキッチンまで引きずられる。相変わらず食欲はなかったが、心配する面々に申し訳なくて、神無は緊張しながらもなんとか箸を動かした。

朝食をすませ、席を立つなりカバンを手に再び玄関へ向かう。

ノブに触れた神無は、体が妙に緊張していることに気づいて一瞬だけ動きを止めた。悪寒を感じる。本能が危険を察知したのだとわかったが、かまわずドアを押し開いた。

強い風が吹き、世界がざわめく。

神無は風に驚いてわずかに目をすがめ、すぐに見開いた。視線の先にいたのは木籐華鬼——鬼頭の名を持つ鬼だった。彼は街路樹で美しく飾られた道の中央に立っている。視線が合うと、背筋の悪寒は瞬く間に全身に広がり、呼吸が浅くなった。

怒りと苛立ちを隠そうともせず睨みつける彼は、やはり、獰猛な肉食獣なのだろう。凍てつく瞳には情の片鱗《へんりん》すら見出せず、逃げることがいかに無意味であるかを突きつけられている気さえした。

微動だにせず見ていると、興が醒めたとでもいうのか、華鬼はふいに視線をはずして学園へ足を向ける。直後、背後から慌ただしい足音がした。

ネクタイを締めながら近づいてきたのは光晴と水羽である。二人は振り返った神無の顔を見て表情を変えた。

「どないしたん、真っ青やないか!!　大丈夫か!?」

「やっぱり今日は休んだほうが……」

「大丈夫です。行きます」

答えた神無は、登校中の生徒にまみれて遠ざかっていく華鬼へ視線を戻す。

もう悪夢は見ないかもしれない——ちらと、そんな思いが胸をかすめた。ここがその元凶なら、これ以上の悪夢など存在しないだろう。だからきっと、なにも恐れる必要はない。

暴れる心臓をなだめるようにそっと胸を押さえ、神無は深く息を吸い込んだ。

意を決し、うなりをあげる風の中、まだ咲かぬ華を胸に歩き出す。

その瞬間、彼女を取り巻く運命が軋《きし》みをあげて動き出した。

番外編　華の邂逅

　神無がぬいぐるみを手渡されたのは誕生日の朝である。それは淡い桜色でつぶらな瞳を持ち、幼い彼女の両手にしっくりと馴染む大きさだった。

「うさぎさん」

　長い耳と丸い体、ちいさなしっぽを見て、小学校で飼われている動物に似ていることから、彼女はぬいぐるみに「うさぎ」という名前をつけ、〝二人〟でいっしょに散歩へ出かけるようになった。口数が少なく表情に乏しい神無は同じ年頃の子どもたちから気味悪がられたが、大人たちは彼女の胸に抱かれたぬいぐるみを見て親しげに話しかけてくることもあり、それが嬉しくて外出の回数は確実に増えていった。

　だが、すぐに母である早苗《さなえ》に見咎められ、説明もないまま外出を禁じられた。楽しげな笑い声が外から聞こえてくるたび、神無はふて腐れてぬいぐるみを抱きしめ、ただじっと窓の外を見つめた。

「ふうせん」

アパートの前の道を赤い風船が揺れながら移動している。風船からのびた長いひもは、父親と手を繋ぎ、母親に笑顔を向け楽しげに声を弾ませ歩いている少女の片手に握られていた。

神無は慌ててうさぎの顔を窓へ向け、いっしょになってそれを見つめた。親子の姿が建物に隠れ、そのあとを追うように風船も見えなくなると、神無は畳の上に座り込んだ。

「てんじょう、あかり、たんす、てーぶる、かびん、こっぷ、すりっぱ」

目に映ったものを一つずつ指さして言葉にし、その途中でふと思い出す。公園にきれいな花が咲き、それがもうすぐ満開になると誰かが話していたことを——。

うさぎにいろいろなものを見せようと思い立った彼女は、早苗の目を盗んで靴を履き、外の世界へ飛び出した。

瞬時に目の前が拓《ひら》ける。

灰色で窮屈な空間とは違い、外界は驚くほど色鮮やかで大きかった。神無は目に映るさまざまなものの名をつぶやき、公園の門をくぐってから立ち止まった。いつもならキャッチボールをする親子や、かくれんぼをする子どもたちで賑《にぎ》やかな広場なのだが、今日は奇妙なくらい静かだった。

神無は小首を傾げながら公園を見回し、奥にひかえる〝森〟へ向かう。

「ねえ、君」

突然聞こえてきた声に驚いて足を止めると、見知らぬ大人がにこやかに近づいてきた。白いシャツにネクタイを締めた真面目そうな会社員――神無にとっては、総じて見知らぬ大人である。

男は愛想笑いを浮かべ、あっちにいいものがあると指さしながらしきりと神無を誘った。遊歩道を目でたどり、神無は男を見上げた。アスファルトの小道は公園の中を曲がりくねりながら続き、ときに分岐してさらに奥へと伸びる。一番広い遊歩道ぞいに進めば、背の高い木々が生い茂る人工の森になり、それを通りすぎれば桜の木がある。自分以外にも桜を見にきた人がいるのが嬉しくて、神無は元気にうなずき男が差し出した手をなんの疑いもなく握った。大きな手はしっとりと汗ばみ少しだけ嫌な感じがしたが、すぐに桜の並木道にたどり着けると知っていた彼女はかまわず歩き出した。

樹木の多い公園は子どもの目から見れば本物の森にも等しく、神無は歩きながら野鳥の姿を求めて飽きもせず森を眺めた。そのうち分かれ道にさしかかり、桜の並木道に向かうために直進しようとした神無は、手を強くひっぱられて大きくよろめいた。

驚いて見上げると、男の視線が桜並木ではなく、これといって珍しいものなどなにもない脇道へ向けられていることに気づく。

汗で湿った男の手が痛いほど神無のそれを握りしめている。今まで我慢できていた感触が急に気持ち悪いものに思え、思わず悲鳴が漏れた。

「どうしたんだい？　すぐそこだから。すぐそこにいいものがあるから」

早口でそうまくし立てる男の手は、不自然なほど小刻みに震えていた。笑顔が奇妙に歪み、切迫したものが混じる。それを見てもう一度悲鳴をあげると、狼狽した男の手から力が抜けた。

神無はとっさに湿った手をふり払い、混乱しながらも桜並木に向かって駆け出した。

背後から怒鳴り声が聞こえてくる。足がもつれて転んだ神無は、うさぎのぬいぐるみを庇いながら立ち上がって走った。呼吸が乱れ、罵声に混乱し、いつの間にか目尻に涙が溜まっていく。

なにかに足をとられ、また転んだ。立ったつもりがうまくいかずにもう一度転び、必死で起き上がって泣き声をあげる。

神無は何度も転びながら、そのたびに起き上がって走り続けた。

どうしてあんなに恐ろしい声で怒鳴るのかわからない。振り返って確認することもできずに走っていると、ちいさな石につまずきバランスを崩した。アスファルトで傷つけられた膝から血がにじみ、痛みをこらえきれずに大きくしゃくりあげる。立たなければ、逃げなければと悲鳴をあげる本能に突き動かされて体を起こすと、背後から近づいてきた獣のような息づかいがふいに途切れ、静かになった。

風に流され、目の前に薄いピンク色の花弁が舞い落ちた。うさぎとおなじ色だと思って神無が目を見開くと、その花びらの隣に大きくてごつごつした黒い靴が現れた。

神無は盛大に洟《はな》をすすり目を瞬いた。痛む足をかばいながら立ち上がり、ゆっくりと顔をあげ、こぼれる涙を服の袖でぬぐう。目の前がまだぼやけていることに気づき、神無はもう一度涙をぬぐってあらためて顔をあげた。

そこには巨人のような、黒い男が立っていた。怒っているのか切れ長の瞳は鋭く、それを見た神無は、助けを求めるよりも早く、ぬいぐるみを突き出していた。

ぬいぐるみを見た大人たちが、嬉しそうに、あるいは戸惑いながらも一様に笑顔を見せるのを知り、ほとんど反射的に取った行動だった。

黒い男は少しだけ目を見開き、ちらと神無を見てからぬいぐるみに手を伸ばした。

長い指で掴み、静かに持ち上げる。直後、男の表情が変わった。ほんの少しだけ、きれいな瞳から陰惨な光が消える。幼いながらも鋭くそれを感知し、神無は嬉しくなって笑顔を浮かべた。

「それ、あげる」

母親からもらった、たった一つの宝物だった。けれど神無はなんの迷いもなくそう口にして、振り返って先刻の怖い大人がいないことを確認し、ほっと息をついた。

神無は視線を感じて男を見上げ、次に物音に気づいて彼の背後を見た。

高い、よく知る声が神経質に神無の名を繰り返している。

「お母さん」

早苗が迎えに来てくれたのだと知って喜び、神無はうさぎのぬいぐるみを手に立っている男に笑顔を向けた。きっと大切にしてくれる――そう信じて疑わず、なんとなく安堵して駆け出す。彼とすれ違う一瞬、強い風に運ばれた血のにおいに足が止まりかけた。だが、懸命に呼びかける早苗の声にはっとして、爛漫《らんまん》と咲く桜の道を抜け、自分の背丈ほどもある植え込みを通りすぎ、錆《さ》びた裏門を駆けぬけ広い通りへ出た。

「神無！」

薄汚れて傷だらけの少女を見てぎょっとする通行人をかきわける女の姿がある。それが母の早苗だと気づいた直後、今まで張りつめていた気がゆるんで再びじわりと涙がにじんだ。

駆け寄った早苗は泣き出した神無の手を取り、病的に辺りを気にしながら逃げるように歩き出した。

早苗の手はひどく冷たかった。あふれる涙をぬぐって大きくしゃくりあげた神無は、細く冷たいその手をしっかりと握りしめて、肩越しに森を見た。

そして、木々がざわめくのを見て急に不安になる。

森林公園と名のつくそこは、いつもと違って深閑《しんかん》として暗く、不安だけをかき立てた。あのひとはそんなところにたった一人――それが妙に気にかかり、手を引かれながら何度も振り返る。すると、その瞳に風で舞い上がった花びらが映った。

「……うさぎさん」

神無はほっと息をもらした。桜の花と同じ色のぬいぐるみを手渡したのを思い出し、彼が一人でないことに気づいて安心したのだ。彼女は次に、花びらがどこまで飛んでいくのか興味をひかれ、天高く舞うそれをじっと目で追った。

花びらが向きを変え、みるみる高度を落とす。神無はちいさく声をあげた。唐突に風がやんだことも知らず、慌てて手を振り回す。届かないと知るとぴょんぴょん跳びはね自由気ままに踊る花びらに手を伸ばした。だが、うまく摑まらない。早苗が怪訝な顔で見ているのも知らず、いつしか彼女の手をふりほどいてちいさな両手をいっぱいに広げていた。

まるで意思があるかのように、花びらは何度も神無の手をすり抜けてはわずかに舞い上がり、ゆるりと落ちてくる。息を弾ませそれを追っていた神無は、悪戦苦闘の末、ようやく気まぐれに踊る花びらを手の中におさめた。

神無は大きく息をつき、花びらを確認して満足げな笑みを浮かべる。

花びらをそっと包むように握るとその手を胸に押しあてた。

それから、あいた片手を困惑する早苗と繋ぎなおした。

彼女が〝彼〟と再会するのはまだずっと先——けれど大輪の華は、すでにその胸にひっそりと息づいていた。

文庫化記念書下ろし番外編

婚礼の裏側

他人の部屋は落ち着かない。

家人に招かれたわけではないのだからなおさらだろう。「だいたいさ」と、口を開いたのはついたてから顔を出し、室内をうかがっていた水羽だった。部屋は寝室だというのにめぼしいものがなくがらんとしていた。ただ殺風景というなら光晴の部屋も負けてはいないが、この部屋は、生活感があるのにひどく寒々しいのだ。

「婚礼が無事にすむか心配なら式場にいればいいんじゃないの？」

不満げな水羽の声に、麗二は軽く首を横にふった。

「水羽さんは考えが甘いですね」

「華鬼のことだから、式場に行かない可能性だってあるんだし」

「まあ確かにその確率もなきにしもあらず、なんやけどなあ」

煮え切らない光晴に、水羽はぎゅっと眉根を寄せた。そうしてすねる姿はさすが学園一の美少年と噂されるだけあって可憐なのだが――。

「第一、寝室ってなんなの？　玄関とかリビングで待つならまだしも！　心配だったから二人についてきたけど、どう考えたって隠れる場所が間違ってない!?」

烈火のごとく怒り出し、二人を慌てさせた。

「水羽さん、声が高いですよ！」

「せや。これはもしものときの措置で、なんもなかったらすぐ退散するんやから」

「二人はなにかあると思ってるの？」

怪訝な顔で尋ねられ、光晴はちらりと麗二に視線をやる。華鬼の女癖の悪さは有名だが、相手が鬼の花嫁であるとまったく興味を示さなくなる。だから神無にも興味を示さず、水羽が言うように式場に現れないことも考えられる。

そうなれば式は荒れるだろうが、ある意味で神無の安全は保障されるわけだ。

だが。

「神無ちゃんは自分の刻印がある花嫁や。華鬼が暴走するとも限らん」

そのとき、神無が華鬼を受け入れる可能性は限りなくゼロに近いだろう。刻印の色香に惑わされた男たちに脅かされ続けた過去を思えば、そんなことは容易に想像がつく。そのうえで華鬼が強引に関係を迫れば神無がどれほど傷つくか。

「……心配なんや」

母親を見送る神無が見せた表情——まるですべてをあきらめたかのようなその横顔

が、光晴はどうしても忘れられなかった。そして、神無を殺そうとした華鬼の姿も。だから鬼ヶ里に戻るなりもえぎに頼み込み、ついたてを用意してもらったのだ。

「心配なのは僕も同じだけど……。普通、ついたてが増えてたら気づくでしょ」

「華鬼は気づかないいんじゃないですか？　もえぎさんが四階の玄関先にダルメシアンの陶器を飾ってみたのに、ずっと放置されてたみたいですし」

「い、いやあ、それは単に対処に困って放置しただけっちゅう可能性も……」

麗二の話に光晴が困惑していると、水羽はなおも不満げに唇を尖らせた。

「やっぱり僕、どう考えたって寝室で待機っていうのはおかしいと思う」

「華鬼がリビングに行くくらい冷静なら、そのすきにこっそり出ていくし」

「出ていく前に見つかるったら」

「せやな。見つかるやろうな」

むしろそうなってくれたほうがいい。華鬼に謝罪をし、一発殴られたあとおとなしく部屋を出ていくのが光晴の考える〝理想的な形〟であった。

「……式場からベッドに直行というのはまずいのでしょうか」

低く麗二の声が聞こえ、光晴は視線をついたてからはずした。困惑するように麗二が眉をひそめている。

「そらまずいやろ。鬼はずっと花嫁を見守っとって人となりもよう知っとるけど、花嫁にしたら初対面の相手や。いきなりベッドに向かったら大顰蹙《だいひんしゅく》どころの騒ぎやない。花嫁が大事なら、どんなに恋い焦がれとってもそんな無体なことしたらあかん」

「そ、そうですね」

「そもそも花嫁をお披露目するための式を執り行うんも、鬼の中ではそれなりの地位に就くやつだけや。普通は鬼ヶ里に迎え入れて生活していく中で親密になって、高校卒業してから式を挙げて晴れて夫婦になる」

光晴の説明に、警戒するように身じろぎ一つせずじっとしていた麗二の顔がじょじょに引きつっていく。その様子に光晴の顔も引きつった。

「……まさか麗ちゃん、今までベッド直行なんてことは……」

「な、なに言ってるんですか光晴さん。私が花嫁にそんな無体なことするはずないじゃないですか」

ゆらゆらと視線が泳いでいる。怪しいどころの騒ぎではなく、これは確実に〝やらかしている〟顔だ。つつっと麗二から離れた水羽が光晴の陰に隠れても言い訳をしないあたり、どう考えても真っ黒である。

「水羽、これはあかん大人や。よう見とき」

「大丈夫だよ。僕は紳士だから、わざわざ見なくてもだめな大人のことはちゃんとわかってるから」

「み、光晴さん、水羽さん、私の言い分も聞いていただけませんか？」

おろおろと尋ねる麗二に光晴は思案するように腕を組んだ。麗二の唇を割ったのは嘆きの溜息である。四階に上がって待機するあいだ繰り返されるのは軽口ばかりだった。誰が誘導しているわけでもなく、彼らは緊張をほぐすように言葉を重ねる。

それぞれの胸に同じ思いがあった。

十六年間、誰にも守られることなく命を繋いできた娘――危険が日常と化し、感覚が麻痺してしまうほど追い詰められた彼女の幸せだった。

ふいに聞こえてきた荒々しい足音に、三人が同時に口を閉じた。

足音が大きくなり、なにかを激しく叩きつけるような音が混じる。

三人は息を殺して気配を消し、近づいてくる足音に耳をそばだてる。足取りに迷いはなく、それは着実に鋭さを増していく。けれど、足音は一つきりだ。寝室にやってくるのは華鬼だけ――そう考え、誰もがほっとした。

足音が止まり、乱暴にドアが開かれる。

「初夜になにを望む？　鬼頭の花嫁」

誰かに問いかけるような華鬼の声に三人は愕然とした。

ここにやってきたのは華鬼一人ではない。

ここには、もう一人。

「わ、私は鬼頭の花嫁じゃない」

絞り出された神無の声は恐怖に震えていた。ベッドが軋む音と神無のうめき声を聞き、水羽が身を乗り出す。光晴が慌ててそれを制した。麗二はじっとついたてを睨み、険しい表情のまま気配を殺し続けている。衣擦れの音と荒い息づかい。ついたての向こうを覗かなくてもその様子が手に取るようにわかった。

スプリングの軋みが生々しく室内に響く。

「俺の刻印を持った女が、鬼頭の花嫁じゃない？　それなら――」

「や……！」

悲痛な神無の声。光晴はぎりぎりと奥歯を噛みしめる。いつの間にか立場が逆転し、水羽を押しとどめていたはずの光晴が彼に押しとどめられていた。

「お前が鬼頭の花嫁でないなら、この刻印はなんだ？」

帯を解いたのだろう音と神無が息を呑む音が重なる。そして一瞬、静寂が訪れる。

わずかな沈黙のあと「当然、か」と華鬼がつぶやいた。

「死ねばよかったのにな」

続く華鬼の一言に目の前が真っ赤になった。花嫁は守られるべき存在だ。誰よりも愛され、誰よりも幸せにならなければならない。にもかかわらず、彼女を守るべき鬼は非情にも庇護翼すらつけず、その死を望んで沈黙していたのだ。

怒りの感情が視界を焼いた。前のめりになる体を押しとどめていた水羽が震えていることに気づき、光晴ははっとわれに返る。

麗二も水羽も懸命に怒りを殺していた。

光晴は深く息を吸い込んで高ぶる感情を抑える。庇護翼は万能ではない。これから先のことを考え、助けに入るタイミングは慎重にならざるを得ないのだ。

光晴はぐっと奥歯を嚙みしめた。

「殺せばいい」

つむがれる神無の声には、もうなんの感情も含まれていなかった。恐怖も悲しみも、絶望すら失せていた。色のない声——それを耳にして、光晴は強く胸を押さえた。

真に守るべきは誰であるか、鬼であるなら問うまでもない事実だ。

しかし華鬼はそのすべてを放棄した。

鬼の住処で少女は一人、生きていかなければならない。

ふと、神無の母との別れ際を思い出した。

彼女は何度も何度も頭を下げた。娘をお願いしますと、そればかりを繰り返していた。握りしめた細い指先に彼女の無念がにじんでいた。本当はいっしょに暮らしたいのだろう。怯え逃げ惑いながら、どれほど後悔しようとも娘を手放したくなかったに違いない。けれども彼女は決心した。娘の幸せを願い、光晴がもういいと告げても頭を下げ続けた。

庇護翼が鬼ヶ里に来るまで花嫁を守るのは、それが彼らの使命だからである。

だが、ここから先は違う。

「三翼……っ」

待ち焦がれた神無の声が、複雑な感情の色を交えながら響く。それを聞き、ついたての裏に隠れていた三人はいっせいに動いた。

ここから先は使命ではなく、それぞれの意志だ。

そしてこれが、鬼ヶ里で起こる前代未聞の椿事《ちんじ》の幕開けとなった。

本書はイースト・プレスより単行本で二〇〇七年八月に刊行されたものを、大幅に加筆修正しました。

この物語はフィクションであり、実在する人物・団体等とは関係ありません。

|著者|梨沙　1月13日生まれ。2004年、ウェブサイト「小部屋の小窓」を開設。同サイトで連載していた『華鬼』が書籍化されデビュー。著書には「鍵屋甘味処改」シリーズ（集英社オレンジ文庫）、「第七帝国華やぎ隊」シリーズ（一迅社文庫アイリス）、「恋するエクソシスト」シリーズ（イースト・プレス　レガロ）などがある。

華鬼《はなおに》

梨《り》沙《さ》

2017年9月14日第1刷発行

発行者――鈴木　哲
発行所――株式会社　講談社
東京都文京区音羽2-12-21　〒112-8001
電話　出版（03）5395-3510
　　　販売（03）5395-5817
　　　業務（03）5395-3615

Printed in Japan

講談社文庫

定価はカバーに
表示してあります

デザイン―菊地信義
本文データ制作―講談社デジタル製作
印刷―――豊国印刷株式会社
製本―――株式会社国宝社

ISBN978-4-06-293637-8

講談社文庫刊行の辞

二十一世紀の到来を目睫に望みながら、われわれはいま、人類史上かつて例を見ない巨大な転換期をむかえようとしている。

世界も、日本も、激動の予兆に対する期待とおののきを内に蔵して、未知の時代に歩み入ろうとしている。このときにあたり、創業の人野間清治の「ナショナル・エデュケイター」への志を現代に甦らせようと意図して、われわれはここに古今の文芸作品はいうまでもなく、ひろく人文・社会・自然の諸科学から東西の名著を網羅する、新しい綜合文庫の発刊を決意した。

激動の転換期はまた断絶の時代である。われわれは戦後二十五年間の出版文化のありかたへの深い反省をこめて、この断絶の時代にあえて人間的な持続を求めようとする。いたずらに浮薄な商業主義のあだ花を追い求めることなく、長期にわたって良書に生命をあたえようとつとめるところにしか、今後の出版文化の真の繁栄はあり得ないと信じるからである。

同時にわれわれはこの綜合文庫の刊行を通じて、人文・社会・自然の諸科学が、結局人間の学にほかならないことを立証しようと願っている。かつて知識とは、「汝自身を知る」ことにつきていた。現代社会の瑣末な情報の氾濫のなかから、力強い知識の源泉を掘り起し、技術文明のただなかに、生きた人間の姿を復活させること。それこそわれわれの切なる希求である。

われわれは権威に盲従せず、俗流に媚びることなく、渾然一体となって日本の「草の根」をかたちづくる若く新しい世代の人々に、心をこめてこの新しい綜合文庫をおくり届けたい。それは知識の泉であるとともに感受性のふるさとであり、もっとも有機的に組織され、社会に開かれた万人のための大学をめざしている。大方の支援と協力を衷心より切望してやまない。

一九七一年七月

野間省一

講談社文庫 最新刊

今野 敏
ST プロフェッション〈警視庁科学特捜班〉
連続誘拐事件。被害者は口々に「呪いをかけられた」と言う。常識外の事件にSTが動く!!

有沢ゆう希 原作 ムサヲ
恋と嘘〈映画ノベライズ〉
ある日、私たちは「恋」を通知される。恋愛禁止の世界を描いた禁断のラブストーリー!

宮城谷昌光
湖底の城 六〈呉越春秋〉
父兄の仇! 楚都を陥落させた叛逆の英雄・伍子胥《ごししょ》が「屍《しかばね》に鞭打つ」。胸躍る歴史ロマン。

森 博嗣
サイタ×サイタ〈EXPLOSIVE〉
依頼人不明の素行調査。連続して起きる爆発事件。そして殺人。Xシリーズ第5弾!

佐藤愛子
新装版 **戦いすんで日が暮れて**
亭主が拵《こしら》えた多額の借金を、妻は憤《いきどお》りに燃えながらも返済し……。直木賞受賞のベストセラー。

石田衣良
逆《さか》島《しま》断《たつ》雄《お》〈進駐官養成高校の決闘編2〉
権力闘争に明け暮れるなか、断雄のクラスで「最強トーナメント」が開催されることに!

姉小路 祐
影のクロス〈監察特任刑事〉
繰り返される爆破と、警察関連人物の不審死。影の組織に戻橋が挑む!〈文庫書下ろし〉

梨 沙
華《はな》鬼《おに》
美しくも残酷な鬼の許嫁《いいなずけ》となった神無《かんな》の運命は? 傑作学園ファンタジー、ついに文庫化。

西澤保彦
新装版 **七回死んだ男**
殺されては甦り、また殺される祖父。孫は祖父を救えるか? どんでん返し系ミステリ。

早坂 吝
虹の歯ブラシ〈上木《かみき》らいち発散〉
日本で最もエロい名探偵・上木らいちが、難事件をロジックで解き明かす。奇才の野心作。

森村誠一
ねこの証明
森村誠一講談社文庫100冊記念本は、エッセイ、小説、写真俳句と、まるごと一冊ねこづくし!

講談社文芸文庫

芥川龍之介　谷崎潤一郎
文芸的な、余りに文芸的な／饒舌録
ほか　芥川vs.谷崎論争　千葉俊二編

昭和二年、芥川自害の数ヵ月前に始まった〝筋のない小説〟を巡る論争。二人の応酬を発表順に配列し、発端となった合評会と小説、谷崎の芥川への追悼文を収める。

解説＝千葉俊二

978-4-06-290358-5
あH3

日野啓三
天窓のあるガレージ

日常から遠く隔たった土地の歴史、自然に身を置く「私」が再発見する場所――都市幻想小説群の嚆矢となった表題作を始め、転形期のスリルに満ちた傑作短篇集。

解説＝鈴村和成　年譜＝著者

978-4-06-290360-8
ひA7

三木　清
三木清文芸批評集
大澤　聡編

昭和初期の哲学者にしてジャーナリストの三木清はまた、稀代の文芸批評家でもあった。批評論・文学論・状況論の三部構成で、その豊かな批評眼を読み解く。

解説＝大澤　聡　年譜＝柿谷浩一

978-4-06-290359-2
みL4

芥川龍之介　藪の中
有吉佐和子　新装版 和宮様御留
阿川弘之　七十の手習ひ
阿川弘之　春風落月
阿川弘之　亡き母や
阿刀田高　ナポレオン狂
阿刀田高　新装版 ブラック・ジョーク大全
阿刀田高　新装版 食べられた男
阿刀田高　新装版 最期のメッセージ
阿刀田高　新装版 猫の事件
阿刀田高　新装版 妖しいクレヨン箱
阿刀田高　新装版 奇妙な昼さがり
阿刀田高編　ショートショートの広場18
阿刀田高編　ショートショートの広場19
阿刀田高編　ショートショートの広場20
阿刀田高編　ショートショートの花束1
阿刀田高編　ショートショートの花束2
阿刀田高編　ショートショートの花束3
阿刀田高編　ショートショートの花束4
阿刀田高編　ショートショートの花束5
阿刀田高編　ショートショートの花束6
阿刀田高編　ショートショートの花束7
阿刀田高編　ショートショートの花束8
阿刀田高編　ショートショートの花束9
安房直子　南の島の魔法の話
相沢忠洋　「岩宿」の発見〈幻の旧石器を求めて〉
安西篤子　花あざ伝奇
赤川次郎　真夜中のための組曲
赤川次郎　東西南北殺人事件
赤川次郎　起承転結殺人事件
赤川次郎　冠婚葬祭殺人事件
赤川次郎　人畜無害殺人事件
赤川次郎　純情可憐殺人事件
赤川次郎　結婚記念殺人事件
赤川次郎　豪華絢爛殺人事件
赤川次郎　妖怪変化殺人事件
赤川次郎　流行作家殺人事件
赤川次郎　ABCD殺人事件
赤川次郎　狂気乱舞殺人事件
赤川次郎　女優志願殺人事件
赤川次郎　輪廻転生殺人事件
赤川次郎　百鬼夜行殺人事件
赤川次郎　四字熟語殺人事件〈ベスト・セレクション〉
赤川次郎　三姉妹探偵団
赤川次郎　三姉妹探偵団2〈キャンパス篇〉
赤川次郎　三姉妹探偵団3〈珠美・初恋篇〉
赤川次郎　三姉妹探偵団4〈怪奇篇〉
赤川次郎　三姉妹探偵団5〈復讐篇〉
赤川次郎　三姉妹探偵団6〈危機一髪篇〉
赤川次郎　三姉妹探偵団7〈駈け落ち篇〉
赤川次郎　三姉妹探偵団8〈人質篇〉
赤川次郎　三姉妹探偵団9〈青ひげ篇〉
赤川次郎　三姉妹探偵団10〈父恋し篇〉
赤川次郎　死が小径をやってくる〈三姉妹探偵団11〉
赤川次郎　死神のお気に入り〈三姉妹探偵団12〉
赤川次郎　次女と野獣〈三姉妹探偵団13〉
赤川次郎　心地よい悪夢〈三姉妹探偵団14〉

赤川次郎　ふるえて眠れ、三姉妹〈三姉妹探偵団15〉
赤川次郎　三姉妹、呪いの道行〈三姉妹探偵団16〉
赤川次郎　三姉妹、初めてのおつかい〈三姉妹探偵団17〉
赤川次郎　恋の花咲く三姉妹〈三姉妹探偵団18〉
赤川次郎　月もおぼろに三姉妹〈三姉妹探偵団19〉
赤川次郎　三姉妹、ふしぎな旅日記〈三姉妹探偵団20〉
赤川次郎　三姉妹、清く貧しく美しく〈三姉妹探偵団21〉
赤川次郎　三姉妹と忘れじの面影〈三姉妹探偵団22〉
赤川次郎　三姉妹、舞踏会への招待〈三姉妹探偵団23〉
赤川次郎　三人姉妹殺人事件〈三姉妹探偵団24〉
赤川次郎　沈める鐘の殺人
赤川次郎　静かな町の夕暮に
赤川次郎　ぼくが恋した吸血鬼
赤川次郎　秘書室に空席なし
赤川次郎　我が愛しのファウスト
赤川次郎　手首の問題
赤川次郎　おやすみ、夢なき子
赤川次郎　二重奏《デュオ》
赤川次郎　メリー・ウィドウ・ワルツ

赤川次郎ほか　二十四粒の宝石〈超短編小説傑作集〉
赤川次郎／横田順彌　二人だけの競奏曲
泡坂妻夫　奇術探偵曾我佳城全集〈全二巻〉
新井素子　グリーン・レクイエム
安土敏　小説スーパーマーケット(上)(下)
安土敏　償却済社員、頑張る
阿井景子　真田幸村の妻
浅野健一　新・犯罪報道の犯罪
安能務訳　封神演義全三冊
安能務　春秋戦国志全三冊
安能務　三国演義全六冊
阿部牧郎　艶《あで》女《おんな》犬《いぬ》草紙《ぞうし》
阿部牧郎　回春屋直右衛門　秘薬絶頂丸《ひやくぜっちょうがん》
安部譲二　絶滅危惧種の遺言
綾辻行人　緋色の囁き
綾辻行人　暗闇の囁き
綾辻行人　黄昏の囁き
綾辻行人　殺人方程式〈切断された死体の問題〉
綾辻行人　鳴風荘事件　殺人方程式Ⅱ

綾辻行人　暗黒館の殺人全四冊
綾辻行人　十角館の殺人〈新装改訂版〉
綾辻行人　水車館の殺人〈新装改訂版〉
綾辻行人　迷路館の殺人〈新装改訂版〉
綾辻行人　人形館の殺人〈新装改訂版〉
綾辻行人　時計館の殺人〈新装改訂版〉(上)(下)
綾辻行人　黒猫館の殺人〈新装改訂版〉
綾辻行人　どんどん橋、落ちた〈新装改訂版〉
綾辻行人　びっくり館の殺人
綾辻行人　奇面館の殺人(上)(下)
阿井渉介　荒《あら》南《は》風《え》
阿井渉介　うなぎ丸の航海
阿井渉介　生首岬の殺人〈警視庁捜査一課事件簿〉
阿井渉介／阿部牧郎他　息づかい〈好色時代小説集〉
阿井渉介／阿部牧郎他　薄灯かり〈官能時代小説アンソロジー〉
阿井文瓶　伏龍〈海底の少年特攻兵〉
我孫子武丸　0の殺人
我孫子武丸　人形はこたつで推理する
我孫子武丸　人形は遠足で推理する

講談社文庫　目録

我孫子武丸　殺戮にいたる病
我孫子武丸　人形はライブハウスで推理する
我孫子武丸　新装版 8の殺人
我孫子武丸　眠り姫とバンパイア
我孫子武丸　狼と兎のゲーム
有栖川有栖　ロシア紅茶の謎
有栖川有栖　スウェーデン館の謎
有栖川有栖　ブラジル蝶の謎
有栖川有栖　英国庭園の謎
有栖川有栖　ペルシャ猫の謎
有栖川有栖　幻想運河
有栖川有栖　幽霊刑《デ》事《カ》
有栖川有栖　マレー鉄道の謎
有栖川有栖　スイス時計の謎
有栖川有栖　モロッコ水晶の謎
有栖川有栖　新装版 マジックミラー
有栖川有栖　新装版 46番目の密室
有栖川有栖　虹果て村の秘密
有栖川有栖　闇の喇《らっ》叭《ぱ》

有栖川有栖　真夜中の探偵
有栖川有栖　論理爆弾
有栖川有栖 篠田真由美 二階堂黎人 法月綸太郎　「Y」の悲劇
有栖川有栖／恩田陸 加納朋子／貫井徳郎 法月綸太郎　「ABC」殺人事件
明石散人 佐々木幹雄　東洲斎写楽はもういない
明石散人　二人の天魔王〈信長の真実〉
明石散人　龍安寺石庭の謎〈スペース・ガーデン〉
明石散人　ジェームス・ディーンの向こうに日本が視える
明石散人　謎ジパング〈誰も知らない日本史〉
明石散人　アカシックファイル〈日本の「謎」を解く！〉
明石散人　真説 謎解き日本史
明石散人　視えずの魚《うお》
明石散人　鳥玄坊〈根源の謎〉
明石散人　鳥玄坊〈時間の裏側〉
明石散人　鳥玄坊〈ゼロから零へ〉
明石散人　大老猫《だいろうびょう》の外交術〈鄧小平秘録〉
明石散人　日本国大崩壊〈アカシックファイル〉
明石散人　七つの金印〈日本史アンダーワールド〉
明石散人　日本語千里眼

姉小路祐　刑《デ》事《カ》長《チョウ》
姉小路祐　刑事長《デカチョウ》四の告発
姉小路祐　刑事長《デカチョウ》越権捜査
姉小路祐　刑事長《デカチョウ》殉職
姉小路祐　東京地検特捜部
姉小路祐　仮面官僚〈東京地検特捜部〉
姉小路祐　汚職捜査〈警視庁サンズイ別動班〉
姉小路祐　合併裏頭取〈警視庁サンズイ別動班〉
姉小路祐　首相官邸占拠399分
姉小路祐　化野《あだしの》学園の犯罪〈教育実習生 西郷大介の事件日誌〉
姉小路祐　法廷戦術
姉小路祐　司法改革
姉小路祐　「本能寺」の真相
姉小路祐　京都七不思議の真実
姉小路祐　密命副検事
姉小路祐　署長刑《デ》事《カ》〈大阪中央署人情捜査録〉
姉小路祐　署長刑《デ》事《カ》 時効廃止
姉小路祐　署長刑《デ》事《カ》 指名手配
姉小路祐　署長刑《デ》事《カ》 徹底抗戦

講談社文庫　目録

安野モヨコ 美人画報ワンダー
梓澤要 遊部（上）（下）
雨宮処凛 暴力恋愛
雨宮処凛 ともだち刑
雨宮処凛 バンギャル ア ゴーゴー1・2・3
有村英明 届かなかった贈り物〈心臓移植を待ちつづけた87日間〉
有吉玉青 キャベツの新生活
有吉玉青 車掌さんの恋
有吉玉青 恋するフェルメール〈37作品への旅〉
有吉玉青 風の牧場
有吉玉青 美しき一日《いちじつ》の終わり
甘糟りり子 みちたりた痛み
甘糟りり子 長い失恋
甘糟りり子 産む、産まない、産めない
赤井三尋 翳《かげ》りゆく夏
赤井三尋 花曇り
赤井三尋 バベルの末裔
赤井三尋 月と詐欺師（上）（下）
赤井三尋 面影はこの胸に

あさのあつこ NO.6〔ナンバーシックス〕#1
あさのあつこ NO.6〔ナンバーシックス〕#2
あさのあつこ NO.6〔ナンバーシックス〕#3
あさのあつこ NO.6〔ナンバーシックス〕#4
あさのあつこ NO.6〔ナンバーシックス〕#5
あさのあつこ NO.6〔ナンバーシックス〕#6
あさのあつこ NO.6〔ナンバーシックス〕#7
あさのあつこ NO.6〔ナンバーシックス〕#8
あさのあつこ NO.6〔ナンバーシックス〕#9
あさのあつこ NO.6 beyond〔ナンバーシックス・ビヨンド〕
あさのあつこ 待ってる〈橘屋草子〉
赤城毅 虹のつばさ
赤城毅 麝《じゃ》香《こう》姫《ひめ》の恋文
赤城毅 書物狩人《ル・シャスール》
赤城毅 書物迷宮《ラビラント》
赤城毅 書物法廷《ル・トリビュナル》
新井満・新井紀子 ハイジ紀行〈ふたりで行く「アルプスの少女ハイジ」の旅〉
新井満・新井紀子 木を植えた男を訪ねて〈ふたりで行く南仏プロヴァンスの旅〉
化野《あだしの》燐《りん》 蠱《こ》猫《ねこ》〈人工憑霊蠱猫〉

化野燐 白澤《はくたく》〈人工憑霊蠱猫〉
化野燐 渾《こん》沌《とん》王《おう》〈人工憑霊蠱猫〉
化野燐 件《くだん》獣《じゅう》〈人工憑霊蠱猫〉
化野燐 呪《じゅ》物《ぶっ》館《かん》〈人工憑霊蠱猫〉
化野燐 妄《もう》邪《じゃ》船《ぶね》〈人工憑霊蠱猫〉
化野燐 人外鏡〈人工憑霊蠱猫〉
化野燐 迷《まよ》異《い》家《が》〈人工憑霊蠱猫〉
青山真治 ホテル・クロニクルズ
青山真治 死の谷'95
阿部夏丸 泣けない魚たち
阿部夏丸 オグリの子
阿部夏丸 見えない敵
阿部夏丸 父のようにはなりたくない
青山潤 アフリカにょろり旅
青山潤 うなドン〈南の楽園にょろり旅〉
梓河人 ぼくとアナン
赤木ひろこ ひでさん〈松井秀喜ができたわけ〉
朝倉かすみ 肝、焼ける
朝倉かすみ 好かれようとしない

講談社文庫　目録

朝倉かすみ　ともしびマーケット
朝倉かすみ　感　応　連　鎖
天野　宏　〈薬好き日本人のための〉薬の雑学事典
阿部　佳　わたしはコンシェルジュ
秋田禎信　カナスピカ
朝比奈あすか　憂鬱なハスビーン
朝比奈あすか　あの子が欲しい
荒山　徹　柳生大戦争
荒山　徹　柳生大作戦(上)(下)
荒山　徹　友を選ばば柳生十兵衛
天野作市　気高き昼寝
天野作市　みんなの旅行
青柳碧人　浜村渚の計算ノート
青柳碧人　浜村渚の計算ノート 2さつめ〈ふしぎの国の期末テスト〉
青柳碧人　浜村渚の計算ノート 3さつめ〈水色コンパスと恋する幾何学〉
青柳碧人　浜村渚の計算ノート 3と½さつめ〈ふえるま島の最終定理〉
青柳碧人　浜村渚の計算ノート 4さつめ〈方程式は歌声に乗って〉
青柳碧人　浜村渚の計算ノート 5さつめ〈鳴くよウグイス、平面上〉
青柳碧人　浜村渚の計算ノート 6さつめ〈パピルスよ、永遠に〉

青柳碧人　浜村渚の計算ノート 7さつめ〈悪魔とポタージュスープ〉
青柳碧人　双月高校、クイズ日和
青柳碧人　東京湾　海中《かいちゅう》高校
青柳碧人　希土類少女《レアアース・ガール》
朝井まかて　花《はな》競《くら》べ〈向嶋なずな屋繁盛記〉
朝井まかて　ちゃんちゃら
朝井まかて　すかたん
朝井まかて　ぬけまいる
朝井まかて　恋　歌
朝井まかて　阿《お》蘭《らん》陀《だ》西《さい》鶴《かく》
歩《あゆみ》　りえこ　ブラを捨て旅に出よう〈貧乏乙女の"世界一周"旅行記〉
アダム徳永　スローセックスのすすめ
安藤祐介　営業零《ぜろ》課《か》接待班
安藤祐介　被取締役《とりしまられやく》新入社員
安藤祐介　〈大翔製菓広報宣伝部〉おい！　山　田
安藤祐介　宝くじが当たったら
安藤祐介　一〇〇〇ヘクトパスカル
安藤祐介　テノヒラ幕府株式会社
青木　理　絞　首　刑

天祢《あまね》　涼　キョウカンカク　美しき夜に
天祢　涼　議員探偵・漆原翔太郎〈セシューズ・ハイ〉
天祢　涼　都知事探偵・漆原翔太郎〈セシューズ・ハイ〉
麻見和史　石の繭〈警視庁殺人分析班〉
麻見和史　蟻《あり》の階段〈警視庁殺人分析班〉
麻見和史　水晶の鼓動〈警視庁殺人分析班〉
麻見和史　虚空の糸〈警視庁殺人分析班〉
麻見和史　聖者の凶数〈警視庁殺人分析班〉
麻見和史　女神の骨格〈警視庁殺人分析班〉
赤坂憲雄　岡本太郎という思想
有川　浩　三匹のおっさん
有川　浩　三匹のおっさん　ふたたび
有川　浩　ヒア・カムズ・ザ・サン
有川　浩　旅猫リポート
青山七恵　わたしの彼氏
青山七恵　快　楽
荒崎一海　無流心月剣〈宗元寺隼人密命帖㈠〉
荒崎一海　幽霊の足〈宗元寺隼人密命帖㈡〉
荒崎一海　名花散る〈宗元寺隼人密命帖㈢〉

講談社文庫　目録

浅野里沙子　花篝《はなかがり》　御探し物請負屋
朱野帰子《かえるこ》　駅物語
朱野帰子　超聴覚者　七川小春〈真実への潜入〉
東　浩紀　一般意志2・0〈ルソー、フロイト、グーグル〉
朝倉宏景　白球アフロ
朝倉宏景　野球部ひとり
安達　瑶　奈落の花〈堕ちたエリート〉
朝井リョウ　スペードの3
五木寛之　ソフィアの秋
五木寛之　狼のブルース
五木寛之　海峡物語
五木寛之　風花のひと
五木寛之　鳥の歌(上)(下)
五木寛之　燃える秋
五木寛之　真夜中の望遠鏡〈流されゆく日々'78〉
五木寛之　ナホトカ青春航路〈流されゆく日々'79〉
五木寛之　海の見える街にて〈流されゆく日々'80〉
五木寛之　改訂新版　青春の門　全六冊
五木寛之　新装決定版　青春の門　筑豊篇(上)(下)

五木寛之　旅の幻燈
五木寛之　他力
五木寛之　こころの天気図
五木寛之　新装版　恋歌
五木寛之　百寺巡礼　第一巻　奈良
五木寛之　百寺巡礼　第二巻　北陸
五木寛之　百寺巡礼　第三巻　京都I
五木寛之　百寺巡礼　第四巻　滋賀・東海
五木寛之　百寺巡礼　第五巻　関東・信州
五木寛之　百寺巡礼　第六巻　関西
五木寛之　百寺巡礼　第七巻　東北
五木寛之　百寺巡礼　第八巻　山陰・山陽
五木寛之　百寺巡礼　第九巻　京都II
五木寛之　百寺巡礼　第十巻　四国・九州
五木寛之　海外版　百寺巡礼　インド1
五木寛之　海外版　百寺巡礼　インド2
五木寛之　海外版　百寺巡礼　朝鮮半島
五木寛之　海外版　百寺巡礼　中国
五木寛之　海外版　百寺巡礼　ブータン

五木寛之　海外版　百寺巡礼　日本・アメリカ
五木寛之　青春の門　第七部　挑戦篇
五木寛之　青春の門　第八部　風雲篇
五木寛之　親鸞　青春篇(上)(下)
五木寛之　親鸞　激動篇(上)(下)
五木寛之　親鸞　完結篇(上)(下)
井上ひさし　モッキンポット師の後始末
井上ひさし　ナイン
井上ひさし　四千万歩の男　全五冊
井上ひさし　四千万歩の男　忠敬の生き方
井上ひさし　ふふふ
井上ひさし　ふふふふ
井上ひさし　黄金《きん》の騎士団(上)(下)
井上ひさし　一分ノ一(上)(中)(下)
井上ひさし／司馬遼太郎　国家・宗教・日本人
池波正太郎　私の歳月
池波正太郎　よい匂いのする一夜
池波正太郎　梅安料理ごよみ
池波正太郎　田園の微風

2017年6月15日現在